ブラック魔道具師ギルドを追放された
私、王宮魔術師
として
拾われる
～ホワイトな宮廷で、
幸せな新生活を始めます！～
Ⅳ
葉月秋水
Illustration: necömi
JN006610

PERSONS
ノエル・スプリングフィールド
小柄な新人の王宮魔術師。
平民出身。
頑張り屋さんで、魔法大好き!
ルーク・ヴァルトシュタイン
最年少の聖金級魔術師。
名門公爵家の生まれ。
幼い頃から神童と呼ばれていた。

### エヴァンジェリン・ルーンフォレスト

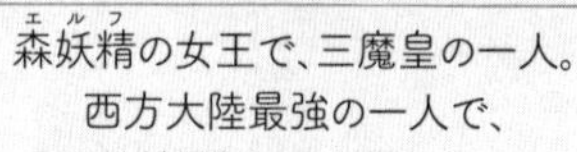

森妖精（エルフ）の女王で、三魔皇の一人。
西方大陸最強の一人で、
国別対抗戦を三連覇している。

### ミカエル・アーデンフェルド

王国の第一王子。
天才的な頭脳の持ち主。

### ガウェイン・スターク

ノエルたちの上司で、三番隊隊長。
大ざっぱな性格だが、
聖宝級（メイガス）魔術師の一人。

### レティシア・リゼッタストーン

三番隊副隊長として
ガウェインを助けている。
大人っぽく、ノエルの憧れの人。

# 前巻までのあらすじ

「ノエル・スプリングフィールド。役立たずのお前はうちの工房にいらない。クビだ」


名門魔術学院を卒業後、体調を崩した母を看病すべく故郷の魔道具師ギルドに就職したノエル。

母は無事元気になってくれたものの、ギルド長の偏見と嫌がらせで、遂には解雇されてしまう。


その時、魔法への道を断たれ絶望するノエルの前に、学院時代の友人ルークが現れる。

ライバルだったルークは、王宮魔術師として歴代最速で聖金級（アダマンタイト）魔術師まで昇格していた。

その彼が、ノエルを相棒（バディ）に指名したい、と訪ねてきたのだ。


ルークの相棒として王宮に入ったものの、平民出身のノエルの力を信じる者はいない。

ノエルはその逆境を、魔力測定壁を壊し、《血の60秒》に合格し、皇妃様を救い、飛竜種と戦い更には、違法魔法武器を使う危険な犯罪組織を叩き潰し、剣聖との御前試合にも耐え抜いて……

彼女は才能と努力、仲間との絆、「魔法が好き！」という思いで困難を乗り越えてゆく！

平民出身で魔法大好きなノエルと、大貴族の次期当主のルーク。

二人の若き天才が、王国に新たな風を巻き起こす！


そんなノエルたちが国別対抗戦でも大活躍！　そして、ルークの思いがノエルに!?

CONTENTS



The New Magic Life!

正しくありたいなんて思わない。私は貴方の傍にいたい。

# プロローグ　秘密

物心つく前から魔法の勉強をしていた。

それは当たり前のこととして僕の日常のほとんどを占めていた。

初等学校に通うことは許されなかった。

優秀な家庭教師に学ぶ方が効率的だから。

すべての時間を魔法に注ぎ込むことを強制された。

そこには少しの譲歩も救いもなかった。

父は次期後継者である僕を誰よりも優れた完璧な存在として作り上げたかったのだろう。

その目論見は概ね成功した。


神童。

王国史上最優の天才。

ヴァルトシュタイン家の最高傑作。

賞賛をうれしいとは思わない。

僕は誰よりも多くの時間を魔法に注ぎ込んでいる。

幼い頃から自由に使える時間などほとんどなかった。

魔法以外のすべてを犠牲にしてきたのだから。

普通に生きてきた連中に負けるわけがない。

自信を超えて確信の域に到達した自負。

敗北は僕の人生において絶対に起こりえないことだった。

——そう、ありえないはずのことだったんだ。

だからこそ、あの日。

頭が真っ白になって、生まれて初めて自分が制御できなくなった日のことを、僕は鮮明に覚えている。

『とんでもないことをしてくれたな、お前……！　平民風情が、この僕に勝つなんて……！』

自分のものとは思えないひどく程度の低い罵倒の言葉と、

『誰が平民風情よ！　私はお母さんが女手ひとつで一生懸命働いてくれてこの学校に通えているの！　そのことを誇りに思っているし、公爵家だろうがなんだろうが知ったことじゃない！　あんたなんか百回でも千回でもボコボコにしてやるわ！』

僕の孤独で窮屈な生活に殴り込みをかけてきた彼女の姿を。

あの日から、モノクロだった僕の生活は少しずつ色づき始めたんだ。


当時は絶対に認めなかっただろうけれど、彼女の存在は僕にいくつかの意味で好ましい影響をもたらしてくれるものだった。

初めて出会った対等に競い合えるライバルとして。

そして、完璧な優等生としての仮面ではなく、年相応の学院生として接することができる友人として。

隙を見せることが許されない貴族社会。

本音で、飾らない自分で話せる相手はそれまで一人もいなかったから。

家柄や王国における立ち位置といった、余計なことを考えずに接することができる彼女は、特別で新鮮な存在だった。

そんな相手は初めてで。

気づいたときには好きになっていて。

だけど、許されない恋だということを誰よりも僕自身が知っていた。

物心つく前から叩き込まれた貴族家の価値観と常識。

手を伸ばせばきっと彼女を傷つけてしまう。

蔑む声と醜聞。
根も葉もない噂が飛び交い、貶めたい者たちに都合の良い虚像ができあがる。
火のないところに煙は立たないと多くの人は思っているけれど、それは誤りだ。
まったく何もないところから、醜い噂を作り上げるのは難しいことじゃない。
少なくとも、この国の高位に位置する貴族家の者にとっては。
伝えてはいけない。
本当に好きな相手だからこそ。
彼女が一番幸せに生きられる未来を選ぶべきだと思うから。
僕たちは同じ道を歩けない星の下に生まれてしまったのだ。
悟られないよう隠し続けた。
すべては望んでいた通りうまくいって。
学院を卒業して、僕らは別々の道に進んだ。
そこで初めて、愚かな僕は自分の誤りを悟った。
（なんで……どうして……）
彼女のいない生活には絶望的に何かが欠けていた。
すべてがどうでもいいと思えてしまうほどに。
貴族家の次期当主として歩む人生が、耐えられないくらいに無価値に思えた。

彼女を追いかけてすべてを失ったとしても。

それで皆に蔑まれながら死ぬことになったとしても、その方がずっとマシだと思ってしまったんだ。

——やっとわかった。

思い知った。

この世界にある他のものすべてと比べても、僕の天秤は彼女に傾いて動かない。

だとしたら、僕が取れる選択肢はひとつしかなかった。

すべてを懸けて、彼女と一緒にいられる未来を摑(つか)みにいく。

目的のために手段を選ばないのがヴァルトシュタイン家のやり方だ。

日常を犠牲にした。

交友を犠牲にした。

嬉戯を犠牲にした。

余暇を犠牲にした。

休息を犠牲にした。

睡眠を犠牲にした。

健康を犠牲にした。

すべてを犠牲にしても、彼女を僕のものにしたかった。

そして、失敗した。

掴みかけた未来は指の先をすり抜け、今僕は病室で天井を見上げている。

しかし、だからといってここであきらめるほど僕は物わかりのいい性格をしていない。

あきらめが悪いのは彼女と同じ。

失敗したなら次の方法を考えて実行するだけ。

《精霊女王》に負けた後にかけられた負担の強い回復魔法による昏睡。

意識がはっきりとしたその数分後には、行動を開始していた。

「僕を退院させてください。完全に回復したことを示す診断書と診療録も書いていただけると助かります」

人の良さそうな魔法医師は、困った顔で僕を見上げた。

「いや、あなたまだ動いていい状態じゃないですからね。身体の疲労と状態も想定よりはるかに悪かった。あの状態でよく戦えていたと驚かされるくらいです」

静かに首を振って続ける。

「安心して動ける状態まで回復するには少なく見積もっても二ヶ月くらいは――」

「報酬は言い値でお支払いします。安心してください。何があったとしても、貴方の責任は問われません。僕が自分の意志で無理を言ったのだと伝えます。誓約書を書いてもいい。悪い話ではないと思いますが」

魔法医師は少しの間押し黙ってから、深く息を吐いて言った。

「貴方の上官であるレティシア・リゼッタストーンさんから完治するまで絶対に外に出さないように言われていますので」

「完治しています。問題ないじゃないですか」

「もうひとつ。アーデンフェルド王宮魔術師団三番隊隊長ガウェイン・スターク氏から言付けを預かっています。『黙って完治するまで寝てろ。破れば、お前の気持ちをちびっ子新人に全部バラす』と」

「……あの人帰ったら絶対殴る」

「付け加えますと、私は報酬ではなく生涯を捧げたい使命として魔法医師の仕事に取り組んでいます。ひとつの個人的な主義としてお金を受け取ることはありえませんし、貴方は絶対に完治させますので、そのつもりで」

「…………」

どうやら、簡単に抜け出せる状態ではないらしい。

何より、ガウェインの脅しが致命的だった。

彼女にだけは、絶対に悟られてはいけない。

余計なことで彼女を悩ませたくないから。

大好きな魔法に打ち込む彼女の邪魔をしてはいけないから。

もっとも、人より鈍いところのある彼女のことだから、よほどのミスをしない限りは大丈夫だろうけど。

（ほんと、ノエルは鈍感なんだから）

そんなところも好きだなんて、恥ずかしいことを思う。

（あいつを幸せにできる僕になる。一緒にいられる未来を摑み取る。絶対に）

そのときに初めて、この想いを伝えよう。

重くならないように、今気づいたみたいな顔で。

ずっと秘めていた、この想いを。

# 第1章　アーデンフェルドの休日

国別対抗戦が終わって二週間が過ぎた。

一週間の特別休暇を満喫した後、職場復帰した私は大会での活躍を先輩たちにたくさん褒めてもらえた。

活躍を評価されて、階級も聖銀(ミスリル)級に昇格。

特別ボーナスの上にお給料も上がり、今まで以上に責任ある仕事も任せてもらえるようになって。

だけどうれしい気持ちに反して、ここ数日の私はなんだかスランプ気味。

仕事中ついぼんやりしてしまって、クビにされないようにこっそりしている雑用の仕事を忘れてしまったり。

整備していた魔道具を爆発させてしまって、レティシアさんに余計な心配をかけてしまったり。

通っている食堂の大食いメニューを完食できずに残してしまって、『ごはん三杯しか食べてないぞ』『もしかしてお前死ぬのか……？』とみんなを困惑させてしまったり。

しっかりしなきゃいけないとはわかっているのだけど、それでもうまくできないのがスランプの困ったところ。

「ノエルさんはいつも仕事出来すぎだし、今でも十分人並み以上だから気にすることないと思うけど」なんて優しい先輩たちは言ってくれるけど、誰よりも私自身が私を許せない。

折角夢を叶えて、念願だった魔法を思う存分使える仕事ができているのだから、もっと集中して仕事に取り組まないと。

問題は、仕事以外のことに思考のリソースを持って行かれてしまっていることだった。

単純で一途な性格で、魔法のことだけ考えて生きてきた私を惑わせる不可思議な空想。

『ノエルが、好きなんだ』

夜の病室。

甘いバニラの香りと熱を持ったベッドシーツ。

抱きすくめられて、すぐ傍で聞いてしまった小さなつぶやき。

思っていたより力も強くて、身体も大きくて。

なんだか別人みたいに思えたあの数秒。

（なんだったんだろう、あれは）

もちろん、ロマンス小説を通してたくさんの疑似恋愛を経験してきた経験豊富な大人女子である私なので、あれくらいで勘違いするような子供とは違う。

（友達として好きってことだよね……！）

そうだ。

私たちは親友同士なわけだし、友愛という意味で好きという言葉が出るのは自然なこと。

幾分熱っぽい伝え方ではあったにせよ、それほどまでに大切に思ってくれているというのであれば、友達として素直にうれしいことである。

（やれやれ、私のこと好きすぎかよ、あいつ）

そんな風にあきれた感じを出しながら、照れ隠し。

（まあ、私もあいつのことは好きではあるし？　大切な友達だし？）

悪い気はしないな、なんて思ってから、しかし頭を悩ませるのはもうひとつの可能性。

（で、でも、もしかしたら——）

私は思う。

（恋愛的な意味である可能性もあるのか……？）

そんなことあるわけないのはわかっている。

ずっと友達だったわけで。

そう勘違いするのも申し訳ないくらいの部分もあるのだけど。

（ただ、あの感じはどうにもそういうニュアンスだったような気も……）

もしそうだとしたらと仮定すると、あふれ出してくるのは様々な疑問。

（い、いつから？　友達だと思っていたのは私だけ？　あいつは私のことが好きだったのか？）

混乱。

そんな素振り全然なかったし。

恋愛的な感情の兆候なんてどこにも——

（いや、私って人より少しだけ鈍感なところあるからな……）

魔法に夢中すぎて、あいつの恋愛サインをすべて見落としている可能性も否定できない。

つまるところ、私がはまっているのは量子魔法学的なパラドックスだった。

箱の中の猫がごはんを食べているのかいないのか、箱を開けるまで確定できないのと同じように、あいつが私に恋愛感情を持っているのかどうかも頭の中を覗かない限りわからない。

（友達としての好きなら今まで通りで問題はない。でも、もしあいつが私のことを恋愛的な意味で好きだったとしたら）

窓の外を見ながら思う。

（私はどうすればいいんだろう）

一般的に見れば好ましい状況ではあるはずだ。

ルークは名家の次期当主だし、付き合うことになんてなればお母さんは間違いなく狂喜乱舞する。

『よくやった！　よくやったわノエル！　これで将来安泰よ！』

なんて、王宮魔術師団での活躍を話したときの三兆倍くらいのテンションで喜んでくれるだろう。

ルークは良いやつだし、付き合う相手として嫌な部分があるというわけではない。

付き合ってみたらいいんじゃない、なんてよく聞くような意見も聞こえる。

(でも、貴族家の後継者であるあいつ的には、平民と付き合ってるなんてことになったら、お家関係の人たちからめちゃくちゃ叩かれそうだしな……)

身分違いの恋には少なくないリスクがつきまとう。

恵まれた境遇のすべてを失い、たくさんの人たちに恨まれ蔑まれながら生きているような人も現実としている。

親友として、あいつをそんな危険な道に進ませてしまうのが果たして正しいのか。

(何より、私はあいつのことを恋愛的な意味で好きなんだろうか)

それは二週間ずっと答えが出せないでいる問いだった。

付き合うとなると、恋人同士として毎週デートをしたり、手紙を送り合ったりしないといけないと聞く。

(……正直、めんどくさいかも)

掃除洗濯料理あらゆる家事が適当で、仕事以外ではほんの少しダメなところもある私だ。

一人の時間はできるだけ大好きな魔法に使いたいのが理想であり本音。

(もしかして私、恋愛向いてない？)

衝撃の事実だった。

たしかに二十年と少しの間、恋愛的なイベントは特になく、何不自由なく幸せに生きてこれてしまっている。

（デート行くより魔導書読んでる方が絶対幸福度高いんだよね、私の場合……）

年頃の女なのに、恋愛より魔法に夢中な私は人としてどこか欠けてるんだろうか。

不安になって相談した私に、最近仲が良いミーシャ先輩は「そんなことないんじゃない？　私も男より猫の方が好きだし」と言った。

「男って子供だし、頭悪いし、元カノと隠れて連絡取り合うし、目を離すとすぐ浮気するゴミクズみたいな存在だからさ。ノエルが魔法の方が好きなのも当然だと私は思うよ」

先輩は心に深い傷を負っているようだった。

いかに男という生き物が最低かひとしきり語った後、「なんで……なんで私はこんなに男運がないの……？」と涙目になった先輩を元気づけるのにしばらく時間がかかった。

「ありがとう。やっぱり持つべきものは猫とやさしい後輩だね」

なんとか励ますことができて一安心。

ミーシャ先輩の猫自慢を聞きながら、お昼休憩から戻ってきた私は何かがいつもと違うことに気づく。

張り詰めた空気。

王宮魔術師団本部は騒然としていて、想定していない大きな出来事が起きていることを示唆していた。

「何があったの？」

別人のように真剣なミーシャ先輩の言葉に、近くにいた四番隊の先輩が答える。

「第一王子殿下が来られている。話したい相手がいるんだと」

「王室の方々が直々にって……そんなの前代未聞じゃ」

先輩は息を呑む。

「話したい相手がいるにしても大王宮に呼び出すのが通例でしょ？　騒ぎになるのがわかっているのにどうして」

「おそらく、騒ぎにすること自体も目的のひとつなんだろう。相手とのつながりを外部にアピールする」

「そうなると、話したい相手は聖宝級（メイガス）の誰か？」

「ああ。《救世の魔術師》ビセンテ・セラ隊長と《人理の魔術師》モーリス・ヘイデンスタム隊長が呼ばれている」

「どうしてそのお二方を？」

「南方諸国で起きた暗殺未遂事件に危険な生物兵器が使われていたという噂がある。それについて意見を聞きたいんじゃないかと俺は推測してる」

「回復魔法と魔法薬学の大家であるお二方に話を聞くのはたしかに筋が通るわね」

「同時に、警戒していることを対外的に示して牽制する。傑物と称される殿下らしい素早い対応だよ」

先輩たち二人の会話に聞き耳を立てる。

どうやら、いろいろと高度で政治的な思惑があるらしい。

（なんだか頭良さそうでかっこいい！　私も混ざりたい！）

エビデンスとかコンセンサスとかダークネスファイアブリザードみたいな感じのこと言えば良い感じに溶け込めるだろうか。

『よし、言うぞ……！』と機会をうかがっていたそのときだった。

先輩たち二人が私の後ろを見てはっとする。

（何事？）

と思いつつ振り向いた私の視線の先にいたのは三番隊副隊長。

大好きかっこいいレティシア先輩。

「静かに。ノエルさん、ついてきて」

口元にそっと指を当てて言うレティシアさんの後に続く。

人通りが少ない避難用の階段を上がって上の階へ。

周囲に人の気配がなくなったことを確認してから、小さな声で聞いた。

「何かあったんですか？」

「落ち着いて聞いてね」

レティシアさんは、階段の踊り場で足を止めて振り向く。

藤紫の髪を揺らして。

私の肩をつかんで言った。

「第一王子殿下が貴方と二人きりで話したいと言ってるの」


レティシアさんの言葉を理解するまでに少なくない時間が必要だった。

庶民出身で新人王宮魔術師である私が王子殿下と二人きりで謁見というのは、明らかに常識外の事態。

(王国の頂点に位置するような類いの方がどうして私と……?)

浮かぶ疑問。

何より、一番の問題は王子殿下と謁見するなんて超高難度イベントに対して、私の礼儀作法スキルがあまりにも不足しているということだった。

緋薔薇の舞踏会のときに一通りの基礎教養は身につけたけれど、それはあくまで舞踏会の参加者として最低限浮かない程度のもの。

緊張しすぎて転倒し、アーネスト隊長の頭に靴をシュートしてしまったあの会議のことは、深いトラウマとして私の心に刻まれている。

(ダメだ……失敗する気しかしない……)

断頭台に向かう罪人のような心境で豪奢な扉の前に立つ。

「聖銀（ミスリル）級王宮魔術師スプリングフィールド、中へ」

王の盾（キングズガード）の騎士さんが扉を開ける。

蘇芳（すおう）色の絨毯が敷かれた広い部屋だった。

格調高いソファー。

大理石のテーブル。

壁には絵画が飾られ、魔導灯のシャンデリアが橙色の光を放っている。

「忙しいところ、時間を取らせてしまってすまない」

第一王子殿下は、奥のソファーに腰掛けていた。

なんだか現実感のないほどに整った顔立ちと存在感。

金色の瞳が細められる。

「どうぞ、かけて」

細心の注意を払いつつ、恐る恐るソファーに腰掛ける。

緊張しきった様子が可笑（おか）しかったのか、小さく笑って王子殿下は言った。

「固くなる必要はないよ。力を抜いてくれていい」

「あ、ありがとうございます」

「大丈夫。作法や所作で怒ったりしないから。いつも通りの君と話したいんだ」

王子殿下の声は、その響き方がどこか普通の人と違っていた。

頭の中にすっと入って、その中でやさしく反響するような。

なんだか心地良くて、ずっと聞いていたくなってしまう声。

聞いていると自然に、この人の言う通りにしたくなってしまうような、そんな声だった。

気がつくと、私は自分の身体から力が抜けているのを感じている。

あんなに緊張していたのが嘘みたいに。

「うん。それでいいよ。ありがとう」

王子殿下はにっこり目を細めて言った。

「早速本題に入ろうか。私は君のことを高く評価している。何より、君に好感を持っている」

（…………え？）

息を呑む。

落ち着け。

間違えてはいけない。

殿下の意図を正しく汲み取って言葉を返さなければ。

「それは、つまり……」

私は慎重に言葉を選びながら言う。

「聡明で魅力的な大人女子の私に、殿下が恋愛的な意味で好意を持っているということですよね」

「違うよ」

「あ、そうなんですね。よかった」

ほっと息を吐く。

私が人生のすべてを教わったロマンス小説によれば、王子様というのは身分違いの女の子を好きになりやすいという習性がある。

（セクシー系大人女子である私の色気が、うっかり殿下を悩殺してしまった可能性は十分すぎるくらいにあったからな）

ひとまず大事にならなくて一安心。

殿下は口元に手をやって小さく笑ってから言う。

「私が好意を持っているのは魔法使いとしての君に対してだ。王宮魔術師団に入団したその日から、君は私にとって非常に興味深く魅力的な存在だった。常軌を逸した適応能力と困難に屈しない精神力。国別対抗戦での活躍にも驚きはなかったよ。とはいえ、まさかあの《精霊女王》相手に一歩も退かずに渡り合うとまでは思っていなかったが」

「あれはルークと先輩たちが力を貸してくれたので」

「だとしても、あそこまで戦える魔法使いはほとんどいない。年齢と成長速度を考えれば、これからどれほど偉大な存在になるか。そして高く評価しているからこそ、君の可能性を今以上に伸ばせる環境を提供したいと考えている」

王子殿下は言う。

「王室直属の特別部隊である王の盾（キングズガード）。その筆頭魔術師補佐として君を迎え入れたいと思っている」

「え…………」

絶句する。

王の盾（キングズガード）は聖金（アダマンタイト）級魔術師も所属する王国随一の特別部隊。

その筆頭魔術師補佐に聖銀（ミスリル）級になって数日の私を選ぶというのは間違いなく異例の大抜擢。

お給料は上がるし、さらに責任ある仕事も任せてもらえる。

私にとっては今後一生ないかもしれないくらいの大きなチャンス。

波打つ心。

それはあまりにも予想外の言葉で。

だけど、安易な気持ちで流されてはいけない気がした。

目を閉じる。

深く息を吐く。

心の声を聞く。

しばしの沈黙の後、私は言った。

「お断りさせていただくことってできますか？」

王子殿下は意外そうに私を見つめた。

それから、言った。

「理由を聞かせてもらっても？」

「私は今の仕事と環境を十分すぎるくらいに幸せだと感じています。先輩たちはすごくよくしてくれますし、感謝の気持ちしかありません。それに、拾ってくれたあいつにもまだ恩返しできてませんから」

「ルーク・ヴァルトシュタインか」

王子殿下はじっと私を見つめて言った。

「君たちはずっと一緒にはいられない。別々の道を進む運命にあると思うけど」

「そうかもしれません。でもだからこそ、友人として隣にいられる今を大事にしたいんです」

沈黙があった。

部屋の中は不自然なほど静かに感じられた。

「なるほど。君の考えはわかったよ」

王子殿下は言う。

「ひとつだけ覚えておいてほしい。君が思っているよりずっと君は特別な存在なんだ。気が変わったら、いつでもおいで。迎え入れる準備はできてる。待ってるから」

「第一王子殿下が動いた。他にも複数の派閥から彼女に関心を持っているという打診が来ている」

王宮魔術師団本部。

一番隊隊長を務める《明滅の魔法使い》アーネスト・メーテルリンクの執務室は、十八の魔法結界が張られた異界になっている。

王国において最も優れた魔法結界術士である彼が創り上げた、西方大陸屈指の攻略難度を誇る特殊な空間。

総長であるクロノス・カサブランカスが研究に夢中になって帰って来ない間、事実上の最高責任者を務めるアーネスト。

その執務室に入ることを許される者は、王宮魔術師団の中でも極めて少ない。

そして、訪れている大柄な男はその数少ないうちの一人だった。

空間が歪んで見える強烈な魔力の気配。

三番隊隊長を務める《業炎の魔術師》ガウェイン・スターク。

王国内で最高火力を誇る炎熱系最強の魔法使い。

「あいつの持っている可能性に皆が気づき始めたというわけですか」

「あれだけの活躍を見せられれば無理もない。こと表側世界において、国別対抗戦には非常に大きな影響力がある」

アーネストは冷静な声で言う。

「問題は彼女を排除したいと考える者たちも多くいるということだ。平民出身の女性魔法使いである彼女の活躍は国内外の貴族主義者を否応なく刺激する。加えて、封印都市で起きた古竜種の復活未遂事件が示すように世界の裏側で蠢く者たちの動きも活発化している」

「高い魔法技術に加えて、未踏領域に面した立地の持つ将来性。この国の利権を狙う者たちも今まで以上に動きを見せてくるでしょうね」

「早急に組織体制の強化を図る必要がある。王国史上初となる八人目の聖宝級魔術師選定と七番隊の創設も早めることになるだろうな」

「現状の第一候補は二番隊副隊長のシェイマス・グラスですか」

「そうだな。第二候補はレティシア・リゼッタストーン。加えて、ライアン・アーチブレットとバシール・プルマンというところか」

「ルーク・ヴァルトシュタインが入っていませんね」

アーネストは静かにガウェインを一瞥した。

「負傷している者を頭数に入れるほど我々の層は薄くない。優れた魔法使いは彼以外にもいる」

否定する言葉は、しかし言外のメッセージを含んでいるように感じられた。

(怪我が早く治れば可能性はある、か)

現状を把握してガウェインは思案を巡らせる。

「そんな状況下で今日、世界情勢を大きく揺るがす事態が発生した」

アーネストは低い声で言う。

「《精霊女王》エヴァンジェリン・ルーンフォレストが帝国領西部を訪問中に襲撃を受けた。犯人は逃走中。エヴァンジェリンは行方不明。既にこの世にいない可能性も高いと言われている」

目を見開くガウェイン。

「……笑えない冗談ですね」

「現実だ。既に複数の情報筋から裏付けが取れている」

「殺しても死なない類いの相手ですよ、あれは」

「一定空間内における魔法使用を制限する《魔術師殺し》と呼ばれる類いの特級遺物が使われた形跡があったそうだ」

「しかし、《魔術師殺し》は実戦で使うにはあまりにも費用対効果が悪い遺物です。極めて希少な上に繊細で、調整と維持に莫大な費用がかかる。起動に必要な魔素を充填するのに七十年かかって使えるのは最長で六時間程度。効果範囲にも制限と制約が多い。あれを使うなんてとても――」

「だからこそ、《精霊女王》も不意を突かれた」

アーネストの言葉に、ガウェインはしばしの間黙り込んでから言う。

「たしかに、その可能性はありますね」

「王都の警戒態勢強化と迷宮遺物の取り締まりは行っているが、それにも限界がある」

アーネストは言った。

「我々の真価が問われるときだ。王宮魔術師としての責務を果たすぞ」

《精霊女王》エヴァンジェリン・ルーンフォレストが襲撃を受けて行方不明。

そのニュースは、瞬く間に西方大陸の国防関係者の間を駆け巡ることになった。

動揺を避けるために、各国は報道各社に対して情報を伏せるよう動いているみたいだけど、一部の国では既に噂やデマが広がってしまっているとか。

『本当は自殺なのを帝国が隠蔽している』とか『すべて彼女自身が仕組んだ陰謀』みたいな心ない誤情報も多くあるみたいで、胸が痛くなる。

（無事だといいんだけど）

その日の帰り道は、王立騎士団の方が送ってくれることになった。

国別対抗戦で活躍を見せていた私も、エヴァンジェリンさん同様狙われる可能性があると判断されたのだ。

襲撃に使用された特殊な迷宮遺物《魔術師殺し》への対策として、王立騎士団の精鋭が二人。

心強くはあるけれど、そこまでしてもらっていいのかなって少し落ち着かない。

「ご安心ください。我々がノエルさんの安全は保証いたしますので」

鍛え抜かれた体軀（たいく）の騎士さん二人。

隙のない所作と身のこなしに感心しつつ、暗くなった道を歩く。

「女性だと夜道を一人で歩くのも怖いですよね」

「いや、意外とそんなに怖くないですよ。大体殴れば勝てるな、って感じなので」

「え？　殴る？」

目を丸くする騎士さん。

（はっ！　淑やかな大人女子として、この回答はなんか違う気がする！）

慌てて言葉を探して取り繕う。

「いえ、そうなんですよ。ほんと怖くて。やっぱり男性に力では勝てないですし」

「ですよね。女性は大変そうだなって思います」

納得している様子に、正解を出せたみたいで一安心。

（ふふん！　私が本気を出せばこんなものよ！）

いつも女子力ないって言ってくるお母さんに見せたい完璧な振る舞いだった。

（さすがクールでかっこいい大人女子である私。その気になれば女子力くらいちょちょいのちょい）

卓越した頭脳で、完璧な回答を返す自分を思い返して悦に浸っていた私は、

（――――ん？）

不意に何かの気配を感じて足を止める。

月の見えない夜。

闇に沈んだ街。

自然豊かな田舎町を駆け回って磨いた野生の勘が私に伝えていた。

（何かが、いる）

「……ノエルさん？」

立ち止まった私に、不思議そうな顔で言う騎士さん。

「伏せて！」

鋭く伝えつつ、目の前にいる騎士さんの襟元をつかんで引き倒す。

瞬間、路地の壁を貫通して殺到したのは弾丸の雨だった。

思考の時間はない。

咄嗟に《固有時間加速（スペルブースト）》を起動した私は、騎士さんを引っ張って敵から死角になる位置に身を隠す。

【硬化】の付与魔法で壁の耐久力を向上させ、安全を確保してから周囲の確認。

（敵は二十から三十。使用されているのは東側諸国で開発された最新の違法魔導武器か）

手鏡を使って背後をのぞき見る。

もう一人の騎士さんもうまく敵からの死角に身を隠すことに成功したらしい。

（さすが精鋭）

ほっと息を吐きつつ、反撃するための攻撃魔法を選択。

狙いを定めて、魔力を込めようとして気づく。

(魔法式が起動しない)

先ほどまで使えた補助魔法と付与魔法も今は使えなくなっている。

(おそらく、エヴァンジェリンさん襲撃に使われた《魔術師殺し》の迷宮遺物)

効果範囲はわからないけれど、今私が迷宮遺物の影響下にいることは間違いない。

(状況は極めて不利。とにかく、迷宮遺物の範囲外に出ないと)

最も確率の高そうな退避経路を選んで距離を取ろうとした私は、敵の動きに気づいて絶句する。

(読まれてる――)

そこで私は、敵が入念に計画を立ててこの襲撃を実行していることを知る。

敵の動きに反応して、あらゆる可能性を考えないといけない時点で私は後手に回っていて。

どんなに早く判断して対応しても、あらかじめ計画された包囲網を破るには遅すぎた。

咄嗟に起動しようとした攻撃魔法は、そよ風ひとつ起こすことなく霧散して消える。

(まずい――っ!)

魔導杖を構える敵の群れ。

放たれる無数の弾丸。

絶望的な状況。

敗北を悟って息を呑んだ私の目の前で閃いたのは、形あるものすべてを一掃する疾風だった。

閃光のような速さで繰り出される無数の斬撃。

そこにいるのが誰なのか、姿を見ていなくても感覚的にわかった。

第一王子殿下の懐刀にして、王立騎士団団長。

御前試合で戦った王国最強の剣士。

剣聖——エリック・ラッシュフォード。

他にも複数の騎士さんが現れて、敵に向けて攻勢をかけている。

（いったいどこから——）

周囲にそんな気配はなかったはずなのに。

だけど、その答えはすぐに見つかった。

**《空間を削り取る魔法（エア・ブレイズ）》**

空間系の精霊魔法と、雲間から覗いた満月を背に煙突の上に立つドレス姿の美しい女性。

「効果範囲内で魔法が使えなくなるなら、範囲外で魔法式を起動すればいい。聡明で最強かっこいい私に二度同じ手は通用しないのよ」

芝居がかった決めポーズで不敵に笑みを浮かべて。

それから、見上げる私に気づいて弾んだ声で言った。

「親友である私が助けに来たわ、ノエル！」

自由奔放な森妖精(エルフ)の女王様がそこにいた。

「さすがの私もあのときは死んだと思ったわ。《魔術師殺し》の遺物なんて三千年生きてて一度しか出会ったことがなかったから不意を突かれちゃって。でも、女王である私に今まで尽くしてきてくれたエステルとシンシアは絶対に守らないといけないじゃない？　あと、ノエルとまだ全然遊んでないことを考えたら、『こんなところで死んでたまるか』って気持ちになったの」

襲撃者騒ぎが落ち着いた後、エヴァンジェリンさんは詳しい経緯を私に教えてくれた。

「そこから気合いと根性と死んだふりでなんとか二人を抱えて生き延びることには成功したんだけど、魔力は残ってないしもうボロボロで。そんなときに声をかけてきたのが、アーデンフェルド王国の方だったの」

「よかった。すごい偶然ですね」

「それが偶然ではなく私を探してたみたいなの。襲撃事件が起きるという情報も事前にどこかから嗅ぎつけてたみたい。第一王子殿下の指示だって。なんかうさんくさいし、一度はお断りしようと思ったんだけど、アーデンフェルド王国ってノエルの国だなって思いだして。これは、公務と称して遊びに行くチャンスだな、と知的で聡明な私は思い至ったわけ」

「もしかして、そのためにアーデンフェルドに？」

「そのためだけに来たと言っても過言ではないわ」

力強い断言だった。

「ちなみに、三魔皇の一人がアーデンフェルドを訪問するのは歴史上初めてのことなんだって。外交官の方が感極まった感じの顔をしてたから、ノエルに感謝するように言っといたわ。そのうち感謝状とか届くんじゃないかしら」

興味なさそうに言うエヴァンジェリンさん。

なんだかとんでもないことになってしまっている気がしたけど、心が疲れそうなので深く考えないことにした。

ストレス社会では自分の身を守ることが何より大切だからね、うん。

自分を責めすぎず、できれば良い感じに甘やかしながら生きていきたい私である。

「でも、王国に着いたら今度は王国に襲撃者が入り込んでる可能性があるって話になってね。ノエルを囮(おとり)にして誘い出す作戦を開始してるって言うから、慌てて協力を申し出たわけよ。剣聖も参加してるし殿下の指揮だから大丈夫って外交官の方は言うけど、やっぱり危険なのは間違いないし」

「……あー、たしかに言われてみれば心当たりがあるような」

改めて考えると、ルートの選び方に敵を誘っている感じがあったような気がする。

「申し訳ありません。騙すような形になってしまって」

同行してくれていた騎士さんが頭を下げる。

「いえ、大丈夫です。お役に立てたのなら、むしろ光栄というか」

「本当に助けられました。攻撃時の敵の動きが予測以上に速く、私は反応できていなかったので。自分に命があるのはノエルさんのおかげです」

「そ、そうですかね。えへへ」

褒めてもらえて頬をゆるめる。

「後の処理は私の仲間に任せて、ノエルさんはお帰りください」

念のため、引き続き騎士さん二人が同行してくれるとのこと。

帰ろうとした私を呼び止めたのは、エヴァンジェリンさんだった。

「あ、あのね、ノエル。その、よかったら……」

何か言いかけて視線をさまよわせる。

少しの間押し黙ってから、言った。

「な、なんでもないわ！　またね！」

なんでもなくないのは、感覚的にわかって。

だけど、背を向けたエヴァンジェリンさんを呼び止めることはできなかった。

大森林で暮らす森妖精（エルフ）の女王であるエヴァンジェリンさんはきっと、私には想像もつかないくらい、いろいろな事情を抱えていて。

その彼女が自分の意志で選んだのだから、尊重するのがきっと正しいはず。

『なんだかもう少し一緒にいたそうだった』なんて、曖昧な理由で呼び止めてはいけない。

庶民な私と女王であるエヴァンジェリンさんは違うのだから。

間違いのない選択をしたはずで。

なのに、なんだか間違えたような後味が残った帰り道。

「ノエルさん、お話があります」

不意に背後から声をかけてきたのは、木の葉の耳をした美しい森妖精(エルフ)の女性。

エヴァンジェリンさんの側近——シンシアさんだった。


「お時間を取らせてしまい、申し訳ありません。実はノエルさんにひとつお願いがありまして」

エヴァンジェリンさんの側近として大森林で実務を担当していると聞くシンシアさんは、私が想像していたよりずっと腰が低かった。

私より地位も立場もはるかに上のはずなのに、丁寧な物腰と言葉使い。

真剣な表情。

なんとなく、彼女がお願いしようとしているのがなんなのか、わかった。

「エヴァンジェリンさんに関わらないでほしい、と。そういうお願いですか？」

沈黙が私たちを浸した。

シンシアさんは唇を引き結んで言った。

「……どうして？」

「自分たちの女王が人間と仲良くしているのは、側近の方としては好ましくない状況なんじゃないかなって」

それに近い出来事を私は経験していた。

『平民とは遊ぶなってママが言ってるから』

生徒のほとんどが貴族である魔術学院では、そんな風に言われて悲しい気持ちになったこともあって。

人間同士でもそうなのだから、違う種族となるとさらに障害は大きくなる。

でも、だからこそ私の答えは最初から決まっていた。

「お断りします。私はエヴァンジェリンさんと今後も仲良くしたいと思っているので」

相手は女王様だから、簡単に踏み込んではいけない部分もあるとは思うけど。

それでも、周囲の都合で距離を置かないといけなくなるなんて間違っている。

「お考えはよくわかりました」

シンシアさんは表情を変えずに言った。

「その上で、お願いしたいことなのですが」

「くどいです。私は受け入れませんから」

「エヴァンジェリン様をお家に泊めてあげてほしくて」

「だから私は――」

言いかけて、私は困惑する。

聞き間違いかもしれないけれど。

なんかとんでもないことを言われたような。

「……えっと、今なんと？」

「エヴァンジェリン様をノエルさんのお家に泊めてあげてほしいんです」

シンシアさんは静かな声で続ける。

「アーデンフェルド王国訪問が決まってからずっと、エヴァンジェリン様は『ノエルさんと遊べる！』と大興奮でした。お泊まりしたい、お買い物したい、食べ歩きしたい、とそれはもうエンドレスで夢を語り続ける始末。あまりに止まらなくて眠れないので、エステルなんか馬車の隅っこで耳をふさいでうずくまり始めるほどで」

「そ、そんなことが……」

「ところが、肝心の誘うタイミングになって、あの人はおひよりなさって言えなかったのです。初めての友人であるノエルさんを大切に思うあまり、迷惑だったらどうしよう、断られたらどうしよう、とそんな思考が頭をよぎったのでしょう」

シンシアさんは言う。

「おかわいい話ではありますが、側近である私たちにはたまったものではありません。なぜならこの後あの人は私たちに対して、『一緒にお泊まりしたかった』と一晩中愚痴を言い続けるに違いないのです。エステルは既に死地に向かうような遠い目をしていましたが、私はまだあきらめたくありません。どうかノエルさん、私たちを助けると思って」

お願いの方向性が思っていたのとは全然違った。

完全に真逆だった。

「……私がお断りしますって言ったとき、どんな風に思ってました？」

「なんか勘違いしてかっこいい感じのことを言われているな、と」

「…………」

早とちりして真剣に自分の意志を伝えた結果、恥ずかしいことになってしまった残念な女がそこにいた。

私だった。

「……泣きたい」

「泣きたいのはこっちです！　どうか！　どうかお泊まりをさせてあげてください」

聞いていた騎士さん二人のやさしい笑み。

顔が熱くなるのを感じつつ、元来た道を引き返してエヴァンジェリンさんの元へ向かった。

「エステル聞いて！　お泊まりすごくしたかったのに、勇気が出なくて言えなくて！　でも、いきなりお泊まりとか迷惑かもしれないし、友達との距離の詰め方とか全然わからないから困らせちゃうかも、とかいろいろ考えちゃって、それから――」

「…………そら、きれい」

怒濤の愚痴を放つエヴァンジェリンさんと、死んだ目のエステルさん。

戻ってきた私に気づいて、翡翠色の目が見開かれた。

「え、ノエル!?」

なんだか少し気恥ずかしくて、

「あの、よかったらその」

頬をかきながら私は言った。

「うちでお泊まりしませんか？」

小さな息づかい。

時間が止まったような空白。

揺れる瞳。

「え…………」

エヴァンジェリンさんは息を呑んでから、

「いいの!?　お泊まりしていいの!?」

と上気した顔で言った。

隣で、エステルさんが救われたみたいな顔をしていた。

その表情がやけに印象的に、私の中に残っている。

「納得できません。ノエル・スプリングフィールドは三番隊に所属する私の部下です。許可なく危険な任務に囮として使うというのは、いくら第一王子殿下と言えど筋が違う」

《赤の宮殿》と称えられる大王宮の最上階。

光を反射する水晶のシャンデリア。

限られた者しか入ることを許されない一室で向かい合っているのは二人の男だった。

一人は王宮魔術師団三番隊隊長を務める《業炎の魔術師》ガウェイン・スターク。

そしてもう一人は、王国貴族社会の頂点に位置する第一王子――ミカエル・アーデンフェルドだった。

「彼女は今回の任務で傷ひとつ負っていないよ。王の盾（キングズガード）と王立騎士団の精鋭に加えて、《剣聖》エリック・ラッシュフォードと《精霊女王》エヴァンジェリン・ルーンフォレストも伏兵として控えていた。客観的に見て彼女の安全は十分すぎるほどに確保されていたと私は思うが」

「結果論です。相手は《魔術師殺し》の特級遺物を使い、不意打ちとは言え《精霊女王》とその側近をギリギリのところまで追い詰めていた。そんな相手に対して、騎士二人付けて囮にする作戦が安全？　本気で考えているなら正気を疑いますね」

「成果をあげるためにはリスクを取る必要がある。敵に疑念を抱かせずに誘い込める最善の人数だった。安全の確保は大切なことだが、さらに重要なのは作戦を成功させることだ。君だって指揮官として部下を危険な場に送っている。同じことではないかい？」

「同意がないのが問題だと言っているんです。危険を覚悟した状態で任務に向かうのと、知らされずに危険な状況に置かれるのはまったく違う。取り返しのつかないことになった後で、あの子の母親に胸を張って囮にしたことを伝えられますか」

「現実としてそうはならなかった。起きなかったことを仮定して話しても仕方ないだろう。それに、君たちだって後ろ暗いところがまったくないとは言えないと思うが」

ミカエルの言葉に、ガウェインは眉をひそめて言う。

「何の話ですか」

「王国貴族社会の抱える深い闇。高等法院で蔓延している裏金と聖王教会との癒着。単独で調査するのはいいが法外な手段を使うのは危険も伴う」

違法な調査を指示した心当たりはガウェインにはなかった。

しかし、第一王子殿下の言葉にはたしかな確信と説得力があるように見える。

そして単独行動を好み、自らの意志で危険に踏み込む部下に、ガウェインは心当たりがあった。

(ルークか……あるいは、レティシアという線もある。一番隊時代、あいつが最も熱心に追っていたのが高等法院の抱える闇だった)

思考を巡らせつつ、平静を装って答える。

「貴族階級の免税特権問題について、高等法院と対立している国王陛下のお立場を考えれば、第一王子殿下には好都合だと思いますが」

「だからこそ心配しているんだよ。優秀な君たちを失うのは惜しい。国別対抗戦で目覚ましい結果を残したことで、我が国の魔法技術に対する関心は高まっているが、それをよく思わない者もいる」

ミカエルは言う。

「正義というのはいつだって無力で儚（はかな）い。気をつけてくれ。闇の深さに塗りつぶされてしまわないように」

「ご忠告痛み入ります。とにかく、今後私の部下を作戦に使う場合は事前に知らせてください。もしまた無断で作戦に組み込んで怪我でもさせようものなら、第一王子だろうが関係ない。私は貴方を絶対に許しません」

「良い仲間を持って心強いよ。君はそのまま君らしくいてくれ」

会談の後、長い廊下を歩きながらガウェインは第一王子殿下の真意を考える。

話し合いは平行線に終わったようにガウェインは感じていた。

かけられた「君らしくいてくれ」という言葉に嘘はないように思える。

だが、後に続く言葉を彼は意図して言わなかったような気がしていた。

『私は私のやり方でやらせてもらう』

そんな常に最善の一手を選ぼうとする第一王子の信念に近い言葉を。

(殿下の動向は引き続き警戒しておく必要がある)

思索を巡らしながら大王宮を出る。

「ガウェイン隊長」

呼び止めたのは、三番隊の部下であるハリベルだった。

「お待ちしておりました。報告が」

「報告?」

「ルークさんが、封印都市の魔法療養所から逃亡を図ったとのことです。《精霊女王》が襲撃されたという一報を聞いて、相棒(バディ)であるノエルさんのことが心配になってしまったようで」

ガウェインは深く息を吐いてから言う。

「あいつは絶対やるってあらかじめ言っておいただろ」

「はい。ガウェイン隊長が指摘していた経路だったので無事確保することに成功しました。今は病室で大人しくしているとのことですが」

「警戒を続けろ。今夜また逃げるぞ」

療養所の構造図から注意すべき箇所を指示しながら、ガウェインは逃走を図ったルークの動きがいつものそれとは違うことに気づいていた。

（普段よりずっと読みやすい。それだけ心配しているってことか）

無理もないと思った。

魔術師にとって魔法が使えない状況ほど怖いものはない。

《魔術師殺し》の遺物は、そんな動揺を利用する恐ろしい魔道具だ。

（いくら図太いところがあるノエルでも、相手が悪すぎる。しばらく恐怖が拭えないだろうな）

襲撃を受けた小さな部下を思って深く息を吐く。

おそらく、今夜は眠れないだろう。

明日以降の仕事にも影響が出ると考えて間違いない。

（トラウマになっていなければいいが……）

同時刻。
王都の小さな家の窓に灯る魔導灯の光。
しっかりとした造りの壁には【遮音】の付与魔法がかけられていて、中の音はほとんど聞こえない。
部屋の中で、ノエル・スプリングフィールドは眠れない夜の時間を過ごしていた。

「魔法クイズゲーム！　いえーい！」

弾んだ声。

お酒がなみなみと注がれたグラスを掲げるノエルと、

「いえーいだわっ！」

負けず劣らずのテンションでグラスを掲げるエヴァンジェリン。

そんな部屋の中を、窓の外から二人の森妖精（エルフ）がのぞき見ている。

「よかったですね、エヴァンジェリン様……」

我が子を見守る母親のような顔で瞳を潤ませるシンシアと、

「愚痴を聞かされずに済む……！　眠れる……！　今夜私は自由……！」

救われたような顔で言うエステル。

賑やかな声は夜遅くまで続いた。

小さな窓の灯りが街の片隅で揺れている。

◇　◇　◇

「行かせてください。僕は行かないといけないんです」

二度目の脱獄計画は、まるでうまくいかなかった。

身体を抱えられて、病室に連行されつつルーク・ヴァルトシュタインは思う。

（動きを読まれている。あらかじめ見越していたような警戒態勢。ガウェイン隊長か）

「大人しくしてください。今は休むのがあなたの仕事ですから」

警護と監視を担当する同僚の言葉を、苦虫を噛んだような顔で聞く。

（ノエルが危ない目に遭っているかもしれないのに）

もしも彼女に取り返しのつかない何かがあったとしたら。

彼女を永久に失ってしまったとしたら――

考えただけで目の前が暗くなるのを感じる。

加えて、自身が手駒にしている王宮関係者たちから収集している第一王子殿下の動向も彼の心をざわつかせていた。

（明らかにノエルに接近しようとしている。王の盾（キングズガード）の一員として、あいつを戦力に加えるのが狙いか）

彼女が第一王子に高く評価されているのは、決して悪いことではない。

しかし王の盾（キングズガード）の一員となれば、三番隊の所属ではなくなり、ルークとの相棒（バディ）の関係も解消されることになる。

そうなればもう、彼女の隣にはいられない。

（結局、自分の都合か）

彼女の幸せを何よりも願いたいと思いながら、それでも消えてくれない綺麗じゃない感情。

深く息を吐いてから、ルークは思う。

（あいつは今、何を考えているんだろう）

襲撃事件の後だ。

強靭な精神力をしている彼女でも、不安や恐怖が残っているのは間違いない。

（眠れない長い夜だっただろうな）

病室の窓から、同じ空の先にいる彼女のことを想った。

（あいつの抱えてる不安が少しでも軽くなりますように）

◇　◇　◇

（いかん。めちゃくちゃ気持ちよく眠ってた）

朝。

起きようと思っていた時間を完全に寝過ごしてしまった私は、若干の罪悪感を抱えつつ瞼をこすっていた。

早く起きて、お泊まりに来てくれたエヴァンジェリンさんをおもてなししようと思ってたのに。

（盛り上がってつい夜更かししちゃってたからな）

友達の家に来ること自体初めてというエヴァンジェリンさんと、語らいながらお酒を飲みまくり。

枝豆を食べ、チーズを食べ、ナッツを食べ、ソーセージを食べながら。

私の中では国民的遊戯である『魔法クイズゲーム』で盛り上がった。

(何より、魔法あるあるトークが面白かったな。先生に隠れて早弁するために隠蔽魔法の練習するのとか、めちゃくちゃ共感したし)

楽しい時間を思いだして頬をゆるめる。

普段私が使っているベッドは、綺麗に整えられていた。

どうやら、エヴァンジェリンさんは先に起きているらしい。

(今気づいたけどめっちゃ汚いな、私の部屋)

仕事を言い訳にして、いろいろと見て見ぬふりをしていたがゆえの残念な散らかり具合。

知的で気品ある大人女子としては、少し問題があるような気がしないでもなかったけど、人にやさしく自分に甘くをモットーに私は生きている。

(またそのうち、気が向いたときに片付けよう)

リビングには誰もいなかった。

他の部屋も探してみるけれど、どこにも人の気配はない。

外に出てるのだろうか。

首をかしげつつ、玄関の扉を開けた私が見たのは衝撃的な光景だった。

「こんな感じでいいのかしら？」

かがみ込んで庭の雑草を抜くエヴァンジェリンさんと、

「そうそう良い感じ。ありがとう、エヴァちゃん。助かるわ」

にっこり微笑んで見守るお母さん。

「お母さんなにやってんの!?」

頭を抱えて愕然とする私に、

「草むしりしてたら、エヴァちゃんが手伝ってくれるって」

おかしなことなんてまったくしてないみたいな顔でお母さんは言う。

「貴族家の子みたいだし、そんなことさせられないって言ったのだけど、泊めてもらったし是非やらせてほしいって。ほんと良い子ね、この子。あんたも見習いなさい」

「い、いや、そういうレベルの話をしてるんじゃないんだけど」

この人、国賓って呼ばれる類いの人だよ。

地位的に言えば、国王陛下と同じくらいのところにいるんだよ。

「お、お母さん。わからない？　ほら、庶民にはとても手が届かない服の感じとか耳の形とか」

「良いところの子なんでしょ。わかってるわよ。人を見る目には自信あるんだから」

お母さんは不敵に笑みを浮かべて言う。

「あの感じは中級貴族家の子ね。年齢は二十代半ば。耳の形は貴族の間で流行ってるファッション的なやつでしょ」

「…………」

(ダメだこの人……まったく何もわかってない……)

田舎育ちゆえ世間知らずなところがあるとは思っていたけど、まさかここまでとは……。

「お母さん、この人は――」

言いかけた私は、お母さんの後ろでエヴァンジェリンさんが『しー』と唇に人差し指を当てているのに気づく。

少し迷ってから、私はエヴァンジェリンさんをお母さんから引き離して小声で言った。

「いいんですか？　全然気づいてないですよ、あの人」

「いいのよ。お庭のお手入れも私がやりたかったの」

エヴァンジェリンさんは言う。

「こんなこと、三千年生きてきて初めてなの。普段なら絶対に許されない。だからこそ、少しでも普通の女の子らしく過ごしてみたいなって。ずっと女王として生きてきたから」

その言葉は、私に昔読んだロマンス小説を思いださせた。

王女様がお城を抜け出して、異国の街で普通の女の子として一日過ごすお話。

何千年もの間女王として生きてきたエヴァンジェリンさんだから、きっとたくさんのことを我慢してきたはずで。

あきらめてきたはずで。

そんなこの人が言う『普通の女の子らしく過ごしてみたい』というささやかなお願い。

――そんなの、叶えてあげたいって応援したくなっちゃうじゃないか。

「エヴァンジェリンさん、今日ってご予定あります？」

私は小さな声で、浮かんだ企みを彼女に伝えた。

「街に繰り出しませんか？　みんなに内緒で、普通の女の子として」

「お母さんは世間知らずなので大丈夫でしたが、街の人たちの中にはエヴァンジェリンさんを知っている人もたくさんいます。重要なのは普通の女の子に見える変装ですね」

エヴァンジェリンさんの外見を点検しつつ私は言う。

「髪は帽子でまとめ、耳は隠蔽魔法で隠しましょう。あと、メガネで顔の感じも変えて」

おしゃれ知的女子になりたくて買ったものの、なんだか恥ずかしくて一度もつけられていない伊達メガネをつけると、普段と印象の違う大人でクールな印象のエヴァンジェリンさんになった。

「良い感じです。服は私の服を着てもらって」

しかし、ここで問題が発生する。

「これ、私には少し小さいかも」

「…………」

いろいろなところのサイズが全然合っていなかった。

気づかないふりをしていた現実を痛感して、私は悲しい顔をした。

「お母さん、ちょっと服を貸してほしいんだけど」

私より少し大きなお母さんに服を借りる。

「もう、なにやってるのまったく。ちんちくりんなあんたの服じゃエヴァちゃんには小さいことくらい見ればわかるじゃない。ね、エヴァちゃん、私の服を着れば――」

「これも、私には少し小さいかも」

「…………」

お母さんは悲しい顔をした。

残酷な現実に親子二人で立ち尽くしてから、私は次なる作戦を考える。

「そうだ、王宮魔術師の先輩に借りましょう。良くしてもらってる先輩が近くに住んでるはずなので」

『男より猫の方が良い』という宗教的主張を持つミーシャ先輩の家を訪ねる。

「ん？　どしたの、ノエル。なんかあった？」

目をこする先輩。

靴箱の奥に猫の脱走を防止する柵と、『なんだこいつ』という顔のふわふわ長毛な猫ちゃんが見える。

「少し服を貸してもらえないかなって」

「誰に貸すの？」

「この人なんですけど」

「…………」

先輩はしばしの間エヴァンジェリンさんを見つめてから、言った。

「寝ぼけてるのかしら。なんだか変装してるエヴァンジェリン女王がいるように見えるんだけど」

「寝ぼけてるんですよ。変装してるエヴァンジェリンさんがいるわけないじゃないですか」

「そうね。そんなわけないわね」

先輩は外出用の服と靴を貸してくれた。

「来週までに返してね」

「来週何かあるんですか？」

「この前同窓会で会った元クラスメイトの男の子に、デートに誘われてるの」

「え、すごい」

「すごいでしょ。今は美術商の仕事をしてるらしいんだけど、一般には流通していない運気が格段に上がる壺を扱ってるんだって。私にも特別に紹介してくれるって言ってた。この壺のおかげで宝くじが当たったとか大富豪の彼氏と結婚できたとか体験談もたくさんあるらしくて」

「…………」

（ほんと、男運ないなこの人……）

まだ詐欺だと確定したわけではないけれど、先輩が騙されないよう注意しておこうと思う。

借りた服に着替えてもらってから、【認識阻害】の隠蔽魔法をかける。

気配とオーラを消して、目立たないように。

「よし、完成。それじゃ、行きましょうか」

太陽が燦々と輝く午前十一時の王都。

私は、女王様を街へ連れ出した。

◇　◇　◇

「良いのですか？　前代未聞ですよ。森妖精の女王が人間の女性に扮して街に出歩くなど」

王都の街路を歩くノエルとエヴァンジェリンを尾行する二つの影。

【認識阻害】の魔法で姿を隠した二人は、エヴァンジェリンの側近であるエステルとシンシアだった。

「止められると思いますか。エヴァンジェリン様がその気になれば、私たちを撒くことくらい造作もないこと。その上、一晩どころか一週間はノンストップの愚痴を聞かされることになりますよ」

「……たしかに。それは絶対に嫌ですね」

「健康的で文化的な日常を確保するために、気づいていないふりをしつつ見守るのが最善です」

うなずき合う二人。

「しかし、エヴァンジェリン様はどうしてあんな風に愚痴を言うようになったのですかね。あんなこと今までなかったのに」

「おそらく、初めてできた友達という存在に戸惑っているのでしょう。何せ、エヴァンジェリン様は千年以上友達が欲しいって言い続けてましたからね」

「重いですね」

「ええ。とても重いです。そんな念願叶っての友達なので、どう接して良いか測りかねているところもあるのでしょう。普段周囲の感情とかまったく考えずに生きていた分、他者との距離の測り方には不慣れな部分もあるでしょうしね」

「そういうものですか」

納得した様子で言うエステル。

「とにかく、私たちは問題が起きないよう見守ることにしましょう。折角の機会ですし、人間界の文化に触れてみるのも良いかもしれませんね」

「煩雑で騒々しく低俗な文化に触れる価値が？」

「大森林の常識ではそう言いますね。でも、これは本当にここだけの話なのですが」

シンシアは耳元に口を寄せて言った。

「人間界の食べ物ってすごくおいしいのですよ」

「エヴァンジェリンさんは行きたいところってありますか？」

「行きたいところ？」

「普通の女の子として、ここに行ってみたいって場所とか施設とか」

私の言葉に、エヴァンジェリンさんは少し考えてから言う。

「正直に言うと、人間界のことはよくわからないの。私が女王になる以前は関わるべきではないという考え方が主流だったし、浅ましく低俗というのが人間界の文化に対する森妖精（エルフ）の一般的な認識だから」

「まあ、そう言われれば間違ってない気もしますけど」

「でも、折角の機会だから触れてみるのもいいかもしれないわね」

エヴァンジェリンさんは目を細めて言う。

「ノエルのおすすめしたいところに連れて行って」

「わ、私のおすすめですか」

これは責任重大。

エヴァンジェリンさんに人間界の文化を楽しんでもらうために、一番良い選択をしなくては。

(私が一番楽しく過ごせるところ、好きなところ……)

そうだ、と思いついた私はぽんと手を打って、エヴァンジェリンさんに言う。

「では、まずお昼の定番スポットへ行きましょう」

「定番スポット？」

「ええ。毎日たくさんの人で賑わう大人気スポットです」

王都の街を歩く。

紅葉色の煉瓦が敷き詰められた街路。

咲き誇る季節の花々。

立ち並ぶおしゃれなお店と行列を作る女子たち。

その奥にあるお店こそ、私が大好きなお昼の定番スポットだった。

「大盛りの量、王都一を誇る伝説の名店――満腹食堂本店です！」

幾多の大食い自慢が集う満腹食堂の本店はアーデンフェルドにおける大食いの聖地と呼ばれている。

お昼前のお店は、既にたくさんの戦士たちで賑わっていた。

「すごい人気ね。さすが定番スポット」

感心した様子で言うエヴァンジェリンさん。

「あ！　ノエルさん！　おはようございます！」

熊さんみたいな大柄な男性が私に気づいて言う。

「おい、ノエルさんが来たぞ道を空けろ」

「いえいえ、お気遣いなく」

あたたかく迎え入れてもらえて頬をゆるめる。

友達を連れてきたお店で常連さんとして扱ってもらえるのは、中々にうれしい。

「満腹定食とクリームコロッケ定食をお願いします」

注文をして、料理ができあがるのを待つ。

十分後、到着した私の満腹定食を見てエヴァンジェリンさんは絶句していた。

「な、なにそれ……」

「私が愛してやまない満腹定食です。これじゃないと食べた気がしないんですよね」

「人間ってたくさん食べるのね……」

なんだか間違ったイメージを与えてしまっている気がしたけれど、唐揚げを揚げたてで食べることの方が大事なので気にしないことにする。

「これが人間界の料理……」

つついたり、転がしたりしておっかなびっくり点検してから、恐る恐る口に運ぶエヴァンジェリンさん。

さくりと小気味よく響く揚げたての衣の音。

瞬間、エヴァンジェリンさんの顔がぱっとほころんだ。

「すごい！　なんかじゅわって出てきたわ！」

「本店のクリームコロッケは絶品ですからね。これを食べるために本店に来る人も少なくないんです」

「こんな料理があるのね。とても興味深いわ」

口に運んで、幸せそうに目を閉じる。

それは、なんだか見ている私までうれしくなってしまう素敵な光景だった。

◇　◇　◇

満腹食堂本店の向かいにある公園の茂み。

【認識阻害】の隠蔽魔法を使って、店の中を覗く二人の森妖精（エルフ）の姿がある。

「お友達とごはん……よかったですね、エヴァンジェリン様……」

瞳を潤ませるシンシアと、

「泣くほどのことではないと思います」

そんな彼女を白い目で見つめるエステル。

「そういう冷めたところが現代っ子ですね、エステルは。貴方も大人になればわかりますよ」

「私は大人です。千年以上の時を生きてるので」

「森妖精(エルフ)の世界ではまだ子供です」

やれやれ、と首を振ってから、シンシアは上品な所作で手に持った小袋のフライドポテトを口に運ぶ。

目を閉じ大切に味わって咀嚼(そしゃく)してから、言った。

「おいしいですよ。エステルもどうぞ」

「……先ほどから気になっていたのですが」

エステルは怪訝な顔で言う。

「どうしてシンシアは人間界の食べ物の味を知っているのですか？」

「私は外交のお仕事をするために大森林の外に出る機会も多かったですから」

「しかし、低俗な人間の文化にはなるべく触れるべきではないというのが、森妖精(エルフ)の常識的な考えでは」

「常識的な考えとしてはそうですね。ですが、外の世界で仕事をしていれば、予想外の事態も多く発生します。用意していた食事がなくなれば、現地で調達するしかない。追い詰められて仕方なく外の文化に触れることもあったのです」

「その割には、随分目を輝かせてお店を選んでましたよね」

「私はいつも通りでしたよ。それは貴方の主観では？」

「揚げ芋の味付けを事細かに指定していましたよね」

「命をいただくのですから、おいしくいただくのが礼儀というものです。それに、森妖精(エルフ)の普段食べている食事に近い味付けにしなければなりません。この味付けは、フォレストグリーン味と言って森の木々が育んだ天然由来の素材だけで味付けを――」

「ガーリックチーズペッパー味だと店主の方は言ってましたが」

「…………」

沈黙が流れた。

数千年の時を感じさせる長い沈黙だった。

「ガーリックチーズペッパー風フォレストグリーン味と言って森の木々が育んだ天然由来の素材だけで味付けを」

「無理があります。あきらめてください」

感情のない目。

エステルは冷え切った声で言う。

「さてはシンシア……人間界の食事を隠れて楽しんでましたね……！」

「だって仕方ないではないですか！　人間界の料理を食べると、森妖精(エルフ)の食事がどうしても味気なく思えるというか。森で採れる素材だけを使った薄味の食事よりも、たまにはチーズとお塩がたくさんかかった揚げ物を食べたくなっちゃうというか」

「貴方には失望しました。このことは小評議会に報告させてもらいます」

「待って！　落ち着いて話し合いましょう」

シンシアは言う。

「人間界の技術力が上がり、大森林にとって大きな脅威になりつつある現代。外の世界を知り、良いところを取り入れるのも大切なことです。歴史と伝統を守るのも大事ですが、森妖精（エルフ）の教義にもあるようにこの世界というのは諸行無常。何事も変わらずにはいられません。古い考えに縛られてばかりではいけないと私は思うのです」

「煩雑で騒々しく低俗な文化に取り入れる価値があるとは思えませんが」

「しかし、それはあくまで外から見たイメージでしょう？　実際に触れてみると違うかもしれない。相手を尊重し、理解してみようと歩み寄ることが異文化を理解する上で大切なことだと私は思います」

「それらしい言葉で言いくるめようとしても無駄ですから」

「ほら、食べてみてください。特別にこのチーズがたくさんかかったところをあげましょう」

ポテトをつまんで差し出すシンシア。

「仕方ないですね。一口だけですよ」

エステルはため息をついて言った。

「こんな低俗な食事、おいしくないのは目に見えてあきらかですが」

◇

「驚きました。なかなか悪くないですね、これ」

「でしょう？　私も最初はありえないと思っていたのですけど、試しに食べてみたらびっくりしてしまって」

　二十分後、エステルとシンシアは出店の料理を両手いっぱいに抱えていた。

「普段繊細な味付けの食事ばかり食べている分、偏った特殊なバランスが新鮮で魅力的に感じられるというか」

「そうなんです。森妖精(エルフ)の食事とのギャップが本当に良くて」

「こんなに良いものを食べずに否定していたとは。偏見というのは恐ろしいですね」

「わかります。私もまったく同じことを感じたので」

「次はあの料理を食べてみましょう」

　人間界の食事を楽しむエステル。

　その中で、彼女の心に生まれたのはシンシアに対する尊敬の気持ちだった。

（異なる文化を柔軟に理解し、尊重する。簡単にできることではありません）

自分たちの価値観を大事にしようとする、集団の中で生きる者の本能。

それは同時に、異なる価値観を否定したくなる欲求にもつながってしまう。

理解できないものには不安を感じるから。

レッテルを貼って遠ざけ、安心したくなってしまう。

(異なる文化を尊重し、理解しようと努めることで見えてくるものもある。シンシアはそれを私に教えようとしてくれたのですね)

胸の中に生まれた尊敬の気持ち。

しかし、エステルは知らなかった。

(手違いはありましたが、結果的には作戦通り。エステルを取り込むことに成功しました)

自分がシンシアの策略の中にいることを。

(こんなにおいしい料理。取り入れずにいるのはもったいなさすぎる。力を持った森妖精(エルフ)たちから少しずつ懐柔して、大森林にチーズたっぷりの揚げ芋を持ち込む)

深遠な計画を実行しているかのような表情。

知的でいろいろと深いことを考えてそうな顔をしているこの女が、ただ自身の食生活を向上させるためだけに動いているという残念な事実。

知らない方が幸せなこともある。

理解できていない部分を互いに抱えながら、それでも二人は声を弾ませて、普段食べられない人間界の料理を存分に楽しんでいた。

「知らなかったわ。あんなにおいしいものがこの世にあるなんて」

びっくりした様子のエヴァンジェリンさん。

反応がうれしくて、私は目を細める。

「次はショッピングをしましょう。いろいろ見て回るのとっても楽しいんですよ」

洋服屋さんを巡りながら、試着したり買ったり買わなかったり。

美人でスタイルも良いエヴァンジェリンさんは、どんな服でも見事に着こなしちゃうので、スタイリングしてる私も熱が入ってしまう。

一番、似合っていた服をプレゼントすると、エヴァンジェリンさんは驚いた顔で言った。

「いいの？　もらってしまっても」

「もちろんです。昨日たくさん魔法について教えてもらったお返しです」

「友達からプレゼント……！　こんなの初めて……！」

弾んだ声にプレゼントしてよかったな、と思う。

それから、王都の観光名所を回ったり、食べ歩きしたり。

「ウルトラスーパービッグプリンパフェ！　この喫茶店の名物なんですよ！」

「なに、これ……」

塔のようにそびえる巨大なパフェを呆然と見つめるエヴァンジェリンさん。

二人でパフェをつつきながら、魔法談義をする。

「ノエルはきっと歴史に名を残す魔法使いになるわ。資質と可能性で言えば、私が三千年生きてきた中でも一番と言っていいかもしれない」

「い、いや、それは褒めすぎですって」

「事実よ。貴方は私にそう言わせるだけのことをしたの」

エヴァンジェリンさんは私を真っ直ぐに見つめて言う。

「でも、現状では荒削りで足りてないところも多い。それが貴方の課題ね」

「どういうところが足りてないと思われますか？」

「まず根本的な基礎研究量ね。魔法薬学と医療魔法学の知識でしょ。位相空間魔法と複素解析魔法学の研究量も全然足りてない。局所対称空間における魔法式構造や魔法力学。付与魔法学の知識も大きく偏っている。あと、薬草学と天文学もがんばらないとダメかしら。精霊魔法と古代魔法の知識もほとんどないし、古代ルーン文字と天文学の知識ももっと必要ね」

「あ、あう……」

足りてないことの山に頭を抱える。

「こ、これでも学院時代は優等生だったんですけど」

「人間の学校では誰にも負けないでしょうね。でも、一番を目指すなら足りないところばかりってこと」

エヴァンジェリンさんの指摘は恐ろしいほどに的確だった。あげられたのは、見て見ぬふりをしていた苦手分野と時間が足りなくてできずにいた分野ばかり。

一晩語り明かしただけで、ここまで私の魔法知識を細部まで見抜いてしまうなんて。

「精進します」

「うん、応援してる」

エヴァンジェリンさんはにっこり微笑んで言う。

「ちなみに、何か悩んでることとかあるかしら？　先輩として何でも相談に乗るけど」

「悩んでること……」

思い当たることがないわけではなかった。

少し迷ってから、私は言う。

「魔法のことじゃなくてもいいですか？」

「もちろん。良い魔法使いになることも大事だけど、良い人生を送ることも大事だもの」

「でも、あんまり真剣に相談するようなことではないかもしれないんですけど」

「どういう内容かしら？」

「その、恋愛的な部分がある相談と言いますか」

「恋バナ!?」

エヴァンジェリンさんはぱっと顔をほころばせて言った。

「聞かせて！　私、その相談すごく乗りたいっ！」

「めちゃくちゃ前のめりになってますね、エヴァンジェリン様」

「友達と恋バナするの夢だって言ってましたからね」

同時刻。

ノエルとエヴァンジェリンを死角の席から見守る二つの影。

「しかし、エヴァンジェリン様は恋愛なんてしたことないはず。ちゃんと相談に乗れるのでしょうか」

「大丈夫じゃないですか？　三千年の長きにわたって生きてますし」

小声で言いつつ、チーズケーキとアップルパイと甘夏のゼリーを食べる二人。

ノエルとエヴァンジェリンの会話に耳を澄ませる。

「多分寝ぼけてたんだと思うんですけど、抱き寄せられて。あと、『ノエルが好き』みたいなことを言われたんですけど。その好きがどういう意味かわからないというか」

（いや、わかるでしょ。明らかに恋愛的な意味じゃないですか、それ）

あきれ顔で見つめてから、シンシアはほっと息を吐く。

（よかった。この難易度ならエヴァンジェリン様も問題なく答えられるはず）

「なるほど、状況はわかったわ」

うなずいてから、エヴァンジェリンは言った。

「たしかに難しいところね。彼とは随分仲が良いみたいだし、友達としての好きという可能性も大いにあるわ」

（この人、想像以上にポンコツ……！）

戦慄するシンシア。

（いけない……！　恋愛に関してエヴァンジェリン様はボロボロ。彼氏いない歴三千年には荷が重すぎる……！）

このままでは、めちゃくちゃな回答をしてノエルと彼との関係を良くない方向に誘導しかねない。

頭を抱えるシンシア。

しかし、続くエヴァンジェリンの言葉は彼女が予想したものと違っていた。

「大事なのは、ノエルがどうしたいかじゃないかしら」

「私がどうしたいか、ですか？」

「ええ。それが定まって初めて、どう対応するべきか決まってくると思うの」

（あれ？　意外とまともですね）

恋愛方面には疎いものの、人生経験の豊富さでカバーできているのだろう。

（よかった。これなら大丈夫そう。ノエルさんと彼との関係もちゃんと良い方向に進みそうです）

安堵するシンシアの視線の先で、ノエルは言った。

「あいつに魔法で完勝してぎゃふんと言わせたいです。やっぱりライバルなんで負けたくないって気持ちは強いですね。それから、お互いに高め合って今の自分を超える魔法使いを目指せたらなって」

（ま、魔法のことしか考えていない……）

絶句するシンシア。

（なんという魔法莫迦（ばか）。脳が筋肉でできてるんじゃないかってくらいの単純思考。魔法が大好きとは聞いていましたがここまでなんて……）

困惑しつつも、同時に納得している自分もいた。

ここまで魔法のことしか考えず、魔法への愛を持ち続けることができるなら――

たしかに、あれだけ規格外の魔法使いになれるのもうなずける。

（そんなこの子を想い続けている彼は不憫でなりませんが）

遠い目をするシンシア。

エヴァンジェリンは微笑んで言う。

「そのまま貴方らしく進んでほしいと私は思うわ。貴方の心が望むように。何より、それを彼も望んでる気がするから」

いたずらっぽく目を細めて続けた。

「悩まなくても大丈夫。そのときが来ればきっと、彼の方から教えてくれるわ」


楽しい時間はあっという間に過ぎていく。

王国最高の時間系魔法使い——クロノス・カサブランカスが『時間という名の幻想』の冒頭で書いているように、私たちはそれぞれ別の時間の中を生きている。

「連れ出してくれてありがと。すごく楽しかったわ。普通の女の子ってこんなに素敵な時間を過ごしてるのね」

しみじみと言うエヴァンジェリンさん。

「私からすると、女王様の方が素敵な日々を過ごしてそうですけど」

「外からは綺麗に見えるかもしれないけど、実際はそうでもないのよ。責任は重いし、一挙手一投足を監視されてる感じがする」

それから、エヴァンジェリンさんは苦笑して続けた。

「とはいえ、私も普通の女の子として生まれれば、普通なんて嫌って言ってたと思うけどね。憧れはいつも現実よりも綺麗なものだから」

「あー、わかります」

隣の芝生って本当に綺麗に見えるものなんだよね。

良いところしか見えない分、どうしても美化してしまうというか。

(背が高くてスタイルがいい人がうらやましかったけど、そのせいで困ることだってあるはずだしな)

ヒールを履けなかったり、身長のせいで頭をぶつけちゃったり、肩がこったり。

(いや、そのくらいならやっぱりスタイル良く生まれたかった……！)

煩悩まみれの答えにたどり着いた私は、多分変な顔をしていたのだろう。

エヴァンジェリンさんはくすりと笑ってから言う。

「最後に一つ、耳寄りな情報を教えてあげる」

「耳寄りな情報？」

「少しこっちに来て」

私の耳元に口を寄せて続けた。

「おそらく、近い未来に王室は何らかの問題を抱えることになるわ」

「問題？」

「空気に不穏な何かが混じっているのを感じたの。多分、それを解決してくれた人には過去に例がない規模の恩賞を与えられる」

「過去に例がない規模の恩賞……」

私は目を見開く。

「じゅ、十年間食堂のごはん食べ放題とかですかね？」

「多分もっと良いものだと思うわよ」

「もっとたくさん食べられるわけですか。なんとしてでも絶対に手に入れなければ……！」

闘志を燃やす私。

同時に、頭をよぎったのは入院中の親友のことだった。

他の何よりも大切なもののために、王国一の魔法使いを目指す親友。

（相棒（バディ）である私が活躍すれば、あいつの評価だって上がるはず……！）

拾ってくれた恩返しはまだまだ全然できていない。

戻ってきたときにびっくりするくらいあいつの株も上げておいてやろう。

（ふっふっふ。心優しい親友である私に感謝するといいよ）

驚くあいつの姿を想像して頬をゆるめてから、私は言う。

「でも、その問題っていったいどういうものなんですか？」

「そこまではわからなかったわ。何らかの脅威に、王室が晒されているってことみたいだけど」

「何らかの脅威……」

考え込む私に、エヴァンジェリンさんはにっと笑って言った。

「ノエルの腕の見せ所ね」


翌日、アーデンフェルド王国の報道各社は、ひとつの大きな話題で持ちきりだった。

『エヴァンジェリン・ルーンフォレストの生存が確認』

『救ったのはアーデンフェルド王国第一王子殿下』

『歴史上初となる、森妖精族（エルフ）女王のアーデンフェルド訪問』

たくさんの人に囲まれながら会見するエヴァンジェリンさんは、なんだか遠い世界の女王様のように見えた。

いや、実際に遠い世界の女王様なんだけどね。

あの人と友達としてお泊まりしたり、街を歩いたりしてたのが不思議なくらい。

少しだけ寂しく思いつつ、警備の仕事をしていた私は、エヴァンジェリンさんが誰かを探していることに気づく。

いったい誰を探してるんだろう？

翡翠色の目が私を見て留まったのはそのときだった。

いたずらっぽく笑って小さなウインク。

私はなんだか誇らしい気持ちになりつつ、ウインクを返した。

多分一生忘れない素敵な一瞬。

立場上なかなか会うことはできないだろうけれど、いつかまた会えたら、そのときは友達として楽しくお話しできたらいいなと思った。

それから、女王のお仕事を終えたエヴァンジェリンさんが大森林に帰って、日々は穏やかに過ぎていった。

いつまでも続きそうな平和な日常。

だけど、その背後で何か大きなものが動き始めているのを私は知っている。

王宮での日常業務に励みながら、王の盾（キングズガード）の動きを観察していた私は、そこにある僅かな変化に気づいていた。

（王室は何かを隠している）

おそらく、エヴァンジェリンさんが言っていた何らかの問題。

しかし、私は知らなかった。

事態は、深刻なものへと変わり始めていたことを。

「大変！　大変よノエル！」

朝。出勤した私に、先輩は慌てた様子で言った。

「あ、先輩。デート大丈夫でした？」

「怪しい壺を無理矢理売ろうとしてきたから、ぶん殴ってやったわ」

「かっこいいです。さすがです」

「やっぱり男より猫の方が良いというのは真理ね。ってそんな話はいいの！　本当に大変なことになってるんだから！」

「何があったんですか？」

先輩は、唇を噛んで言った。

「第三王子殿下が、何者かに毒を盛られて危険な状態だって」

# 第2章　第三王子殿下暗殺未遂事件

ラファエル・アーデンフェルド第三王子殿下。

年齢は八歳。生まれつき病弱で、ほとんど公の場に姿を見せないその人は、天使のように愛らしい外見と、触れただけで壊れてしまいそうな儚さで知られていた。

生まれてすぐ、王室付きの名医は国王陛下に言った。

「御子様はあまり長くは生きられないかもしれません。すべてがうまくいって五年。運が悪ければ、一年も持たない可能性も……」

しかし、彼は幼いながらも驚くほど聡明であり、穏やかで周囲に愛される性格をしていた。

乳母たちはかいがいしく彼を世話し、大切に育てた。

子育てには原則として関わらない国王陛下と王妃殿下も、彼には特別な愛情を注いでいたと言われている。

特別製の医療用魔道具を導入し、親として与えられる最高の環境を彼に提供した。

効果は少しずつだが着実に表れた。

第三王子殿下は限界として伝えられた五歳の誕生日を迎え、さらに年齢を重ね続けた。

懸命に生きる小さな息子の姿は、国王陛下と王妃殿下にとって何よりも大きな喜びだった。

それだけに、今回の事件がもたらしたショックは大きく、この一週間二人は食事もろくに喉を通らない状態だと言う。

「王室は、内部に免税特権廃止に反対する敵対勢力が深く食い込んでいるという問題を抱えていた。内通者と裏切り者を見つけだす極秘任務。選抜された数名の王宮魔術師に、俺は今日任務について伝えることになっていた」

呼び出されたガウェインさんの執務室。

語られた言葉に、息を呑みつつ私は言う。

「でも、状況が変わった」

「連中は考えられる中で最悪の手段を選択した」

ガウェインさんは言う。

「免税特権を廃止しようとしていた国王陛下に対する警告だろう。効果はてきめんだった。国王陛下は、免税特権廃止を見送ってもいいんじゃないかと漏らし始めているらしい」

「では、犯人は免税特権を持つ貴族の方ということですか？」

「おそらく、王都の外で強い影響力を持つ高等法院の貴族層。あるいは、同じく免税特権を持つ聖王教会という線もある」

一般教養の勉強が得意でない私でも知っているくらいに、免税特権廃止はアーデンフェルド王国における重要な問題だった。

貴族と教会が今ほど力を持っていなかった頃、西側諸国を襲った魔物の暴走（スタンピード）から人々を守るために制定された免税特権。

しかし、魔物の暴走（スタンピード）の後処理が終わった後も、彼らはその特権を決して手放そうとしなかった。

多くの富を持つ貴族と教会から徴税できないという歪みにより、王国の財政状況は少しずつ悪化。既に状況は早急に手を打たなければならない段階に達していると言われている。

「問題は、王国の財政状況を人々が過大評価していることだ。内情を彼らは知らない。貴族たちが演じる権力に怯える被害者としての振る舞いを信じている者も多くいる」

「それなら、財政状況の資料を公開するのはどうですか？」

「大臣たちもその線で検討しているらしい。だがお前、この資料を見てどう思う？」

差し出された資料を確認する。

「え？　王室ってこんなにお金使ってるんですか？」

「俺も同感だ。貴族連中からすると少なすぎて驚く額らしいが。しかし、庶民からするとどうしたって多く見えてしまう。逆効果だって伝えておいた。こんなの公開すれば暴動が起きる」

「貴族の人はこの額で少なすぎて驚くんですか……」

「それだけ貯め込んでるってことなんだろう」

しばしの間、資料を点検してから私は顔を上げる。

「たしかに、免税特権廃止は進めないといけない施策のように見えますね」

「だが、高等法院の貴族連中は強硬に反対している。聖王教会の大司教も同様だ」

「そして、第三王子殿下が狙われた、と」

「そういうことになる」

ガウェインさんはこめかみをおさえて深く息を吐いた。

「ずっと考えてるよ。これは俺の責任だ」

「でも、王室の警護は《王の盾(キングズガード)》の担当ですし」

「王宮で起きたことには変わりない。絶対に許されない失態だ」

責任を感じているのはガウェインさんだけではなかった。

賑やかな三番隊の先輩たちからもいつもの明るさがなくなり、重たい空気が漂っていた。

被害に遭ったのが、何の罪もない子供だというのも大きいのだろう。

貯め込んだ財産を守るために、難病を抱えた幼い第三王子殿下に対して毒を盛るなんて。

(絶対に許せない)

拳を握りしめてから、私は言う。

「それで、私は何をすれば良いですか?」

「まずは第三王子殿下の容態を安定させることが最優先だ。担当してる四番隊隊長《救世の魔術師》ビセンテ・セラのサポートに加わってほしい」

「め、聖宝級(メイガス)の方のサポートですか……？」

予想外の言葉に驚く。

ビセンテ・セラさんと言えば、王国で最も優れた回復魔法の使い手。

魔法医学界で最も権威あるラードナー魔法医学研究賞を最年少で受賞。

南方諸国で発生した疫病禍で十万人以上の人々を救って《救世の魔術師》と呼ばれるようになったとんでもない人。

(そのサポートを私がすることになるなんて……)

しかも、救わないといけない相手は国王陛下が深く愛する第三王子殿下。

間違いなく王国の未来を左右する重大なお仕事。

そんな中で、頭をよぎるのは一抹の不安。

「……あの、魔法医学はそんなに詳しくないんですけど」

魔道具師時代によく使っていたこともあって回復魔法はそれなりに得意な方だと思うけど、魔法医学の知識には欠けている部分も多い。

「私、大学に行ってないですし、魔法医師試験とか余裕で落ちるレベルの知識しか……」

「非常事態だ。各隊から使えそうなやつは全員投入されてる。いいから行ってこい」

「りょ、了解しました」

慌てて荷物をまとめて、第三王子殿下の私室に向かう。

限られた一部の方しか入ることを許されない王宮の特別区画。

大きな扉は厳重に閉じられ、王の盾（キングズガード）の騎士たちが周囲に目を光らせている。

「貴公の名は？」

「ノエル・スプリングフィールドです。王宮魔術師団三番隊所属。ガウェイン隊長の指示で来ました」

張り詰めた空気に、緊張しつつ金時計を見せる。

「話は伺っています。どうぞ中へ」

案内されたのは、王室の方々が非公式の謁見に使っているという部屋だった。

瀟洒（しょうしゃ）な椅子が並べられ、各隊から選抜された王宮魔術師が集められていた。

（と、とりあえず目立たないように隅っこの方へ）

落ち着かない気持ちで現場の指揮を執る方が来るのを待つ。

現れたのは、銀縁眼鏡の生真面目そうな男性だった。

制服には皺ひとつなく、磨き抜かれたブーツは美しい光沢を放っている。

「四番隊副隊長を務めるクローゼ・アンデルレヒトです。ビセンテ隊長は王子殿下のお傍を離れることができない。代わりに、相棒（バディ）である私が皆さんの指揮を執ります」

漂う緊張感。

前列の椅子に座る一番隊の先輩が手を上げたのはそのときだった。

「お傍を離れることができないというのは、第三王子殿下の容態がそれだけ厳しい状態だということでしょうか」

「そうですね。助っ人として来てくださった皆さんには正確な情報をお伝えしておきましょう。これは特級秘匿事項です。許可なく人に話せば、それだけで罪に問われるものなので心して聞いてください」

クローゼさんは言う。

「現在、四番隊第一上級救護班が王子殿下の救護を務めています。が、状況は当初の想定以上に芳しくない。五番隊の最精鋭と《人理の魔術師》モーリス・ヘイデンスタム隊長の解析によると、使用されている神経毒に回復魔法を阻害する未知の魔法式が織り込まれているようなのです」

「しかし、神経毒というのは極めて小さなものですよね。そこに高度な魔法式を織り込むなんてことができるのですか？」

「《人理の魔術師》が言うのですから、現実としてそこにあるのは確実なのでしょう。現代魔法の技術をはるかに超える何かが使われているのは間違いありません。未知の特級遺物か、失われた古代文明の魔法技術か」

クローゼさんはしばしの間押し黙ってから言う。

「ビセンテ隊長のお力でも、なんとか容態をこれ以上深刻化させないのが精一杯。率直に言いまして、我々は非常に苦しい状況にあります。皆さんにお願いしたいのは、神経毒に織り込まれた未知の魔法式の解析。無効化、あるいは無害化する方法を見つけ出すことです」

握りしめた拳はかすかにふるえていた。

「お願いします。我々に力を貸してください」

「クローゼさん、悔しいだろうな」

「四番隊からすると、自分たちの力が足りなかったと言っているようなものだからな」

小声で話す先輩たち。

話し合いの後、私は王宮の図書館で資料を漁っていた。

回復魔法を阻害する未知の魔法式。

無効化、あるいは無害化する方法を見つけなければ、第三王子殿下を救うことはできない。

(だけど、あまり得意じゃない魔法医学の分野。私の知識じゃ、四番隊の王宮魔術師さんが総出で解決できなかった難問の答えを出すのはまず不可能)

何せ、王国で最も優れた回復魔法の使い手である《救世の魔術師》と、王国一の魔法薬研究者である《人理の魔術師》が解決できなかった難問なのだ。

(とにかく、ヒントになりそうな本を片っ端から当たっていくしかない)

《固有時間加速(スペルブースト)》を起動する。

仕事の速さが私の一番の武器。

気になる項目に片っ端から目を通す。

（やばい。わかんない。全然頭に入ってこない）

沸騰しそうになる頭。

何を書いているのかまるでわからない。

（落ち着け。この状況を私は知っている）

王宮魔術師団に入って、初めて参加した技能研修。

王立魔法大学の先生の授業は本当に難しくて、まったくついていけなくて。

だけど、救ってくれたのは親友であるあいつに昔もらった言葉だった。

『問題を切り分けて考えろ。地道にひとつずつわかることを整理していけ。そうすれば、どんな難問でも必ず正解に近づける』

（丁寧にわかることを整理。焦らなくていい。少しずつ）

絡まった結び目を解きほぐすように、高度で複雑な事柄を丁寧に整理していく。

慌てるな、と自分に言い聞かせる。

一度に理解しようと考えない。

ひとつずつ、ひとつずつ、と自分に言い聞かせる。

ゆっくりと時間をかけて資料と向き合う。

その結果、見えてきたのは情報が頭に入ってこない原因だった。

（前提となる基礎知識が不足してること。曖昧な前提知識で高度な内容を理解しようとしてしまっていることが問題）

原因は理解できた。

次は、突破する方法を考える。

（わからないことは勉強すれば良い。総当たりで、全部徹底的に調べ尽くす）

全然スマートじゃない効率の悪いやり方。

だけど、行動速度の速さが長所の私にとっては、最も自分の強みが出せる戦い方だ。

（うん、いいね。泥臭くて、私らしい）

地道に文字を追う。

学習する。

積み上げる。

少しずつ。

ひとつずつ。

（こいつはとんでもない難問だな）

王宮魔術師団六番隊から助っ人として派遣されたラウル・ナトルスティは、提示された課題がとてつもない難度のものであることに気づいていた。

王国で最も優れた回復魔法使いと魔法薬学博士が、未だにヒントを見つけることさえできずにいる異常事態。

その理由は、考慮しなければならない選択肢と可能性があまりにも膨大なところにある。

（前例も何の手がかりもない。肝心の魔法式は、人間の目では認識することさえできない極小のサイズ。それが魔法式であることに気づけただけでも神業だ）

その上、問題の魔法式は王子殿下の体内にある。

分析することはおろか、直接目にすることさえできない。

（ここまで情報が制限されている状態で使用されている魔法式を解析するなんて現実的に考えればまず不可能。だが、それを可能にしなければ第三王子殿下は助からない）

王国の未来を左右する重圧。

王宮魔術師として、どんな手を使っても絶対に王子殿下を救わなければならない。

（しかし、いくらなんでも情報が少なすぎる）

極めて難しい状況。

何から始めるべきなのか。

王宮の大図書館でヒントを探しながら、頭を悩ませていたそのときだった。

（魔法式の残滓……？）

人気の少ない奥の棚。

薄暗いそこで、蛍の光みたいに魔法式の起動光が発光していた。

（いったい誰だ……？）

不思議に思いつつのぞき込んだラウルは、そこにあった光景に絶句した。

棚に並んだ魔法医学の研究書を目にも留まらぬ速さで読み進める小さな魔法使い。

（《固有時間加速（スペルブースト）》を使っての超高密度の学習……）

原理的には可能なことではある。

だが、固有時間を変化させる魔法は補助魔法の中でも非常に難度が高く消耗も激しい。

（難度の高い補助魔法を連続で起動しながら知識を頭に入れる。そんなことが人間にできるのか……）

到底理解できない光景。

戸惑い。

無意識に後ずさった彼は、よろめいて棚の本を数冊落としてしまう。

図書館に響く本が落ちる音。

「悪い、邪魔する気は――」

慌てて言いながら顔を上げた彼の視界に広がったのは、まったく予想していない光景だった。

(気づいて、ない……？)

今の音が聞こえないなんて、現実的にはありえないはずで。

しかし、彼女は気づきさえしない様子で黙々と学習を続けている。

驚異的な集中力と魔法に対する情熱。

背筋を冷たいものが伝う。

(これが、ノエル・スプリングフィールド……)

◇　◇　◇

「レティシア。お前、何か俺に隠してるだろ」

王宮魔術師団本部。

【遮音】の付与魔法によって静謐な空気の漂うガウェインの執務室。

投げられた問いにレティシアは怪訝な顔で答えた。

「何の話ですか？」

「答えろ。上官に伝えるべき重要なことを言わずにいる。わかっている」

レティシアはじっとガウェインを見つめて言った。

「すべてわかっていると嘘をつくことで、相手を動揺させ隠していることを聞き出す。隊長の常套手段ですか」

「ごまかすな。すべて話せ」

「ごまかしてませんよ。そもそも、隠しごとなんてしてませんから。プライベートは別ですが、職務上で必要なことはすべて共有しています」

ガウェインは何も言わなかった。

探るようにレティシアを見つめていた。

深い沈黙が部屋に降りる。

それから、息を吐いて言った。

「……なんでお前は俺の手の内完全に知ってんだよ」

「長い付き合いですからね。同期入団の上、隊長副隊長という間柄になってから三年。相棒(バディ)として任務に就くことも多かったですし」

「さすがは狙った獲物は逃がさない絶対零度の《鉄の女》というところか」

「そんな風に言われていたこともありましたね」

「今は違う、と?」

「誰かさんがまるで考えてない三番隊の実務を取り仕切るのが今の仕事なので」

「……悪いと思ってるよ。いつも感謝してる」

ガウェインは頭をかいて言う。

「本当のことを言うと、俺はお前を心配してる。一番隊時代、王国貴族の不正を次々と暴く中で、相当危ない山にも突っ込んでただろ」

「それが私の仕事だったので」

「上官は止めてたって聞いてる。特に致死量の毒薬を食事に盛られて以降は」

「それでも、そうすべきだと思っていましたから」

「意義のある仕事だ。立派だと思う。だが、同僚としてはもっと自分のことを大事にしてほしかった」

「あの頃は若かったですからね」

レティシアはくすりと微笑んで言う。

「胸の内を正直に話すことで、相手の本心を聞き出す。そのやり方もよく使ってますね」

「……やりづれえ」

「褒め言葉として受け取っておきます」

髪をかきあげるいつもの仕草。

「安心してください。本当に何も隠してませんから」

動揺は感じ取れなかった。

落ち着き払った普段通りの姿。

部屋を後にするレティシアを見送ってから、ガウェインは考える。

（レティシアが嘘をついているようには見えない。となると、高等法院を探っていたのはルークか？）

高等法院で強い影響力を持つ大物貴族の不正を暴くことができれば、聖宝級(メイガス)昇格にも手が届く可能性がある大きな成果であることは間違いない。

免税特権の問題で国王陛下と対立していることも考えるとなおさらだ。

しかし、ガウェインはそこにも腑に落ちないものを感じていた。

（あいつは目標を定めるとあきれるほど一途なところがある。国別対抗戦と並行して、こんな大きな山に手を出すというのはどうも違和感があるが）

それでも、冷静に考えて現状で一番可能性が高いのはルークだと言わざるを得ない。

（一応探りだけ入れるか）

そのとき、部屋に駆け込んで来たのは部下であるハリベルだった。

「隊長！　ルークさんが五十九度目の脱走を図りました！　第八警戒網まで突破されましたが、排水路の壁にスプーンで穴を開けていたところを発見し指示通り阻止したとのことです！」

「ちょうどいい。少し頼みたいことがある」

指示を伝えてから、一人残された執務室でガウェインは椅子に深く腰掛ける。

（他の誰かという線もある。ノエルは……ないとは思うが、ありえないとも言い切れない）

疑いの目で見ればすべてが怪しく思えてくる。

（誰だ……危険な山に単独で突っ込んでる莫迦は）

◇　◇　◇

《固有時間加速（スペルブースト）》を使っての超高密度の学習。

必要な魔法医学の知識を頭に入れながら、第三王子殿下の体内にある医療魔法を阻害する魔法式の構造を探っていた私が突き当たったのは、自身の持つ処理能力の限界だった。

検討しないといけない選択肢があまりにも多すぎる。

問題の魔法式を特定するには、明らかに情報が足りない。

しかし、この限られた情報で解答を導き出すことが今の私たちに求められていること。

第三王子殿下を救うために越えなければならない大きな壁。

（とにかく、ひとつずつしらみつぶしに検証していくしかない）

考えられる仮説を精査して確認していく。

ノートはあっという間に文字と魔法式で黒く染まる。

（やばい。わかんない。これ合ってるの？）

こんがらがる思考回路。

自分が理解できているのか、理解できていないのかもわからない。

（落ち着け。冷静に少しずつ）

深呼吸して心を落ち着かせる。

（聖宝級（メイガス）魔術師さんたちが解けない難問だ。難しいのは当たり前。それでこそ燃えてくるってもんよ）

時間はあっという間に過ぎていく。

一日が過ぎた。

三日が過ぎた。

一週間が過ぎた。

ひとつの可能性を完全に検証し終わって、自分の中に生まれたのは確信にも近い感覚だった。

（私はこの問題が解ける。解けると思う）

難度は理解できた。前提知識が不完全な部分もあるけれど、都度補っていけば対応することは十分にできるように思う。

（でも、どれだけの時間がかかるかわからない。百年、いや下手したら千年以上かかるかも）

《救世の魔術師》さんが解けない理由がわかった。

時間がかかりすぎるのだ。

検証すべき可能性をすべて潰すには気の遠くなるような作業量が必要になる。

（でも、それじゃ第三王子殿下は……）
扉の隙間から見えた、痩せ細った小さな男の子の姿を思いだす。
今のやり方では時間が絶望的に足りない。
私が問題を解き終わっても、そのときにはすべて手遅れになっている。
（私の力では王子殿下は救えない）
導き出された結論。
悔しいと思う。
力不足を嘆きたくなる。
でも、そんな時間はない。
（私の力でもなんとかできる方法を考えろ）
意識を思考の海に沈める。

◇　◇　◇

用意された研究室には重たい空気が漂っていた。
助っ人として集められたにもかかわらず何の成果も出せていない。
のしかかる重圧。

刻一刻と強くなる死の気配。

小さな子供の命が少しずつ損なわれ、失われていくのを彼らは肌で感じることができた。

部屋の外まで漏れる苦しみの声。

死に瀕したものが近くにいるとき特有の何かが、空気の中に混じっていた。

「お願いします。どうか、どうか殿下をお救いください」

悲痛な声で言う侍女たちの顔を見ることができなかった。

残酷な現実。

骨身に沁みる無力感。

(あの子は、多分助からない)

誰もが実感としてそう感じていた。

すべては、敵対者の狙い通り。

いつ最愛の家族を失うかもわからない。

恐怖という鎖で繋がれた国王陛下は牙を折られ、王国の権威は失墜する。

(こんな外道そのもののやり方に屈するなんて……)

しかし、どうすることもできない。

正義が勝つのはおとぎ話の中だけで。

手段を選ばない外道が栄華を手にすることもあるのが現実で。

どんなに救いを求めても神様はずっと黙り込んだまま。

世界は理不尽と苦しみに満ちている。

拳を握りしめる魔術師たちの中で響いたのは、一人の女性魔法使いの声だった。

「作戦があります」

ノエル・スプリングフィールド。

規格外の速さで昇格を続ける新人王宮魔術師。

「作戦？」

「私に協力してほしいんです。みなさんの力を貸してほしい」

小さな魔法使いは言う。

「ここにいるのは各隊を代表する精鋭揃い。だからこそ、今までは個人単位で解決するために動いていました。能力の高いみなさんですから、協力するより一人でやった方がうまくいくと考えるのは自然な感覚だと思います。でも、だからこそ今だけは協力してほしい。そして、私にみなさんを支援させてほしいんです」

「支援させてほしい？」

「はい。一通り詰め込みはしましたが、私の知識は付け焼き刃です。魔法医学関連の知識では、経験豊富なみなさんには及ばない部分の方がずっと多い。だったら、私はみなさんの作業をサポートします。それぞれの得意分野に作業を割り振り、分担して得意なことだけできる状態を作る。力を合わせて、この問題に挑みましょう。そして、そのお手伝いを私にさせてください」

「君の意見はわかった」

落ち着いた声で言ったのは、二番隊の王宮魔術師だった。

「だが、理想論であって現実的でないというのが私の意見だ。膨大な選択肢と可能性。まだ問題の全体像さえ見えていない現状で、これだけの人数を制御、統率するというのは到底不可能なことのように思える」

「まだ不完全ですが、私なりにこの問題で検証すべき可能性を十六通りに分類しました」

会議室の前方にかけられた大きなボードに何やら書き始めるノエル。

しかし、その動きが不意にぴたりと止まる。

「……あの、脚立とか台とかありませんか？」

身長的にボードの上まで届かなかったらしい。

特別区画で執事を務める男性が脚立を運んでくる。

「ありがとうございます。これなら大丈夫です」

しかし、その言葉とは裏腹に、彼女の身長はボードの一番上に届いていなかった。

つま先立ちで、身体をふるわせながらなんとか上の方に文字を書く。

「大丈夫ですか？　書きづらいなら梯子をお持ちしても」

「大丈夫です。私、大人の女なので」

どうやら、彼女なりの意地があるらしい。
(大人と言い張っているその感じがむしろ子供にしか見えない……)
漂う困惑の空気。
(この子、本当にこの難問のことがわかってるのか?)
首をひねりつつ見ていた彼らの前で、彼女は手際よくボードに文字を書いていく。
小気味よく響くペンの走る音。
書き綴られる文字と魔法式。
(……待て。なんだ、それ)
息を呑む。
思わず見入っている。
次第に変わり始める部屋の空気。
少しずつ、彼らは気づき始める。
(どれだけの時間をかければこれだけの量の検証を)
目の前にいるのが、規格外の存在であることに。
戸惑い。
広がる信じられない光景。
壁一面を覆う大きなボードを埋め尽くすように書かれた情報の洪水。

絶句する魔術師たちを余所に、ペンの走る音は止まらない。

止まらない。止まらない。止まらない。止まらない。止まらない。止まらない。止まらない。止まらない。止まらない。止まらない。止まらない。止まらない。止まらない。止まらない。止まらない。止まらない。止まらない。止まらない。止まらない。止まらない。止まらない。止まらない。止まらない。止まらない。止まらない。止まらない。

誰もが言葉を失って見入っていた。

目をそらすことができない。

書き込まれた異常な量の思考と作業の跡。

（なんなんだ、この子は……）

精鋭揃いの会議室。

まだ一年目の私がしたのは、無視されても当然の大それたお願いだったけど、先輩たちは快く提案にうなずいてくれた。

（みんな人間ができたいい人……！）

キャリアが浅い女性魔法使いの意見なんて、ちゃんと聞いてくれない職場も多いというのが王国の現実。

前職だった魔道具師ギルドもそうだったし、学院の同級生からもそういう話は当たり前のように聞く。

（さすが王国屈指のホワイトな職場環境……！）

改めて感動しつつ、先輩たちと協力して作業を開始する。

「エルウッド先輩はこの部分の解析をお願いします。たしか大学時代近い分野を研究されてましたよね。ニコルズ先輩は力学的平衡状態での魔法式を検証してください。いつも五番隊でされてる検証法が効果的だと思うので」

先輩たちの得意分野を意識しつつ作業を振っていく。

（ふっふっふ。会議の前に各隊で聞き込みをして、それぞれの得意分野の情報を収集しておいたのだ）

各隊で結果を出している精鋭の方々なので、個性や特徴を摑むのに時間はかからなかった。

状況把握とそれに合わせた対応は私の得意技。

人手が絶望的に少なく、混迷を極めていた前職の現場における苦労の賜物だ。

『新たに必要な水晶玉が七百個増えた！　今週中に納品しろ！』

あのときは仕事を回すために必死だったなぁ。

目の前のことに追われて寝る間もなかったけど、その経験は間違いなく今の私の力になっている。

「スプリングフィールド。悪いがこの部分について資料を作って――」

「必要だと思って用意しておきました。使ってください」

「この魔法式反応について書かれた論文がほしいんだが」

「それなら、去年魔導国の研究チームが発表したものがいいと思います。要点をまとめたのでどうぞ」

「誰か、非平衡状態における魔法式反応について詳しいやつはいないか」

「必要になると思って、専門にしてる王立魔法大学の先生を呼んでいます。あと十分ほどで到着すると思うので」

周囲の様子を見ながら、動きを先読みして働きやすいようにサポートしていく。

それぞれの得意分野を任せた結果、作業の進捗度は格段に向上していた。

(すごい。さすが王子殿下を救うために召集された精鋭王宮魔術師さんたち)

思わず感動してしまう見事な働きぶり。

何より、そんなすごい人たちを私が動かしているというのがたまらなかった。
(なんだか、巨人の肩の上に乗ってるみたいな気分)
一人ではとても越えられない壁でも、みんなで力を合わせれば越えられる。
充実した時間はあっという間に過ぎていく。
一日が過ぎて。
二日が過ぎて。
三日が過ぎて。
作業の進捗は私たち自身もびっくりするくらいだった。
(これなら、第三王子殿下を救うことができるかも)
たしかな手応え。
しかし、私は忘れていた。
現実で起きる悲劇というのは、いつも私たちの想像を超えてくるということを。
「お伝えしなければならないことがあります」
前に見た隙のない着こなしとは別人のような、よれよれのシャツと憔悴した姿。
四番隊副隊長――クローゼさんは言った。
「第三王子殿下の容態が急変しました」
絞り出すような声はかすれていた。

「おそらく、もうあまり時間はありません」

立ち込める重い空気。

刻一刻と迫るタイムリミット。

（今のやり方じゃ間に合わない）

私だけじゃなく先輩たちもそれを感じていて。

しかし、何も打つ手がなかった。

今の作業速度は、私たちにできるベストに近い。

改善の余地があったとしても、わずかな細部の部分。

劇的に速度を向上させるというのはまず不可能。

（何か……何か、問題の魔法式を特定するためのヒントは……）

しかし、何も見つけることができない。

時間だけが過ぎていく。

「スプリングフィールドさん。お話があります」

クローゼさんが言ったのは、そんなときだった。

ついてきてほしいとのこと。

なんだろう、と思いつつ後に続く。

赤い絨毯が敷かれた廊下を歩きながら、クローゼさんは言った。

「気を引き締めてください。ビセンテ隊長の魔力に当てられる可能性がありますから」

「わ、わかりました」

戸惑いつつ、うなずく。

クローゼさんは王宮特別区画の奥へ進んでいく。

「どこに行くんですか？」

「第三王子殿下の私室です」

言葉の意味を理解するのに少し時間がかかった。

「……どうして私が、殿下の私室に？」

いったい何がどうなってそんな恐れ多いことになっているのか。

恐る恐る聞いた私に、クローゼさんは言った。

「ビセンテ隊長が呼んでいるのです」

「…………へ？」

私はきっと間抜けな顔をしていたのだろう。

クローゼさんは落ち着いた声で続けた。

「《救世の魔術師》ビセンテ・セラ隊長が貴方を呼んでほしいと言ってるのですよ」

第三王子殿下の私室は、無数の魔法式と特殊な魔道具によって外の世界と隔絶された異界と化していた。

外に比べはるかに高い酸素と魔光子(エーテル)濃度。

細菌と微生物を自死させ取り除く七重の結界。

すべてが患者の容態を安定させるために最適化されている。

(これが王国一の回復魔法使い……)

感動しつつ、部屋の中へ進む。

まず見えたのは奥で横になる第三王子殿下の姿だった。

八歳にしては小さく華奢な身体。

整った顔立ちは中性的で、少年のようにも少女のようにも見えた。

シルクのナイトウェアを着た身体は痩せ細り、鶏ガラのように筋張っている。

荒い息づかいと言葉にならない喘鳴(ぜんめい)。

部屋の中には死の気配が漂っている。

絶望的な状況で、それでも小さなその子は生きようと戦っていた。

あきらめずに戦い続けていた。

その姿に、私は目頭が熱くなる。

犯人にも理由はあるのだろう。

もしかしたら正義だってあるのかもしれない。

だけど、どんな理由があったたって、何もしていない小さな子から未来を奪うなんて絶対に間違っている。

「ノエル・スプリングフィールドさん、ですね」

やさしい響きの声だった。

男性と女性のちょうど間くらいの高さ。

振り向いた私の目に映ったのは、美しい長髪の魔法使いさんだった。

その人のことを私は知っている。

一見女性にしか見えないその人が、生物学的には男性であることも。

「はじめまして。私はビセンテ・セラ」

ビセンテ隊長は小さく一礼してから言った。

「回復魔法に関しては、王国で一番を自負している魔法使いです」

「早速ですが本題に入りましょう。ノエルさんをお呼びしたのは、それが第三王子殿下を救うために最善だと判断したからです」

ビセンテ隊長は落ち着いた声で続けた。

「得意ではない魔法医学の分野。様々な障害に屈することなく状況に於ける最善手を追求し、協力するという発想自体なかったチームをまとめ上げて、私が予想していなかった作業速度を実現しました。さすが噂通りの状況判断と適応能力というところですか」

「いや、たまたまみなさんがいい人たちだっただけでそんな大それた話じゃ……」

戸惑う私に、ビセンテ隊長は言う。

「今、私たちは厳しい状況にあります。神経毒に織り込まれた未知の魔法式によって回復魔法は阻害され、その97パーセントが無効化されてしまっている。殿下を救うために、なんとしてでも魔法式を無害化する方法を見つけなければなりません。そんな状況下で先ほど、ひとつの情報が入ってきました」

「ひとつの情報？」

「二番隊、魔法不適切使用取締局が犯人につながる手がかりを入手したそうです。犯人を捕縛し、押収した証拠資料から使われた魔法式を特定することができれば――」

「魔法式を無害化し、殿下を救うことができる」

私の言葉に、うなずくビセンテ隊長。

「ノエルさんは、歌劇場で犯罪組織のアジトを誰よりも早く突き止めたと伺っています。貴方に懸けるのがこの状況に於ける最善だと私は判断しました」

長い髪が揺れる。ビセンテ隊長は続ける。

「時間は私が稼ぎます。王国一の回復魔法使いとして、第三王子殿下の命は簡単に散らせはしない。

どんな手を使ってもつなぎ止めてみせる」

私を真っ直ぐに見つめて言った。

「お願いします。殿下を救うために、貴方の力を貸してください」


ビセンテさんとの会話の後、すぐに荷物をまとめて王宮の外へ出る。

緋薔薇が咲き誇る庭を走りながら、思い返すのは先ほどの会話。

(私の力が必要だってあんなに真剣に)

なんだか全然実感が湧かなくて。

でも、今は喜んでいられるような状況じゃない。

刻一刻と迫るタイムリミット。

ビセンテ隊長はどんな手を使っても時間を稼ぐと言っていた。

(私も、私にできる全力を尽くそう)

第三王子殿下を絶対に救ってみせる。

決意を胸に、向かったのは王宮魔術師団本部の二番隊が使っている東区画だった。

私が一人でできることには限界があるし、犯人についての情報もわからない。

手がかりをつかんだという魔法不適切使用取締局に協力するのが、一番良い選択のはず。

「三番隊所属ノエル・スプリングフィールドです。取締局の人とお話ししたいんですけど」

「三番隊……」

声をかけた二番隊の先輩魔術師さんは、警戒した様子で私を見つめた。

「帰れ。お前たちの相手をしている時間はない」

予想外の反応。

違和感。

(三番隊を警戒してる……？)

どうしてだろう？

賑やかで変わった人が多いとか言われることもある三番隊だけど、他の隊から嫌われてるみたいな話は聞いたことがない。

(私が知らない何かがあるのか？)

疑問を心の内に仕舞いつつ、私は言う。

「捜査に協力させてください。力になれると思うんです」

「戦力は足りている。追加人員は必要ない」

「ビセンテ隊長に言われて来てるんです。どうか、話だけでも」

「……ビセンテ隊長に？」

予想していない言葉だったのだろう。

小さく口を開ける先輩魔術師さん。

（チャンス……！　動揺してるうちに一気にたたみかける……！）

「ここで無下な扱いをすると、ビセンテ隊長が怒って後で責任問題になるかもしれません。隊長相手となると事態は深刻。私は貴方が責められるのを見たくないんです。どうか、取締局の方に話を通してもらえませんか」

「わ、わかった」

（よし、言いくるめ成功！）

心の中でガッツポーズ。

奥に消えていった魔術師さんが帰ってくるのを待ちつつ、次の作戦を考える。

（三番隊は警戒されてるみたいだし、ビセンテ隊長の名前で押していこう。あと、チャンスがあればなんで三番隊が警戒されてるのかも聞き出したいけど）

先輩魔術師さんが戻ってくる。

落ち着かない表情。

その動揺は、奥に話しに行く前よりも大きくなっているように見えた。

（奥で何かあった？）

いくつかの可能性を考えつつ、魔術師さんの話を聞く。

「すみません。私もまだ状況をうまく整理できてないんですけど」

見つめる私の視線の先。

困惑した様子で魔術師さんは言った。

「局長がノエルさんと話したいと言っています」


魔法不適切使用取締局局長シェイマス・グラス。

二番隊副隊長でもあり、クリス隊長の右腕でもあるその人は、王国における魔法犯罪を次々と解決して昇進を重ねたプロフェッショナルとして知られていた。

聖金（アダマンタイト）級魔術師であり、次期聖宝（メイガス）級昇格が有力視される一人。

(局長が直接話を聞いてくれるなんて……さすがビセンテ隊長のお名前！)

長い髪を揺らす美人さんなその姿を思い浮かべて、目を細める。

虎の威を借る狐となった私を、シェイマスさんはあたたかく迎えてくれた。

「話は聞かせてもらった。おい、この子に何か出してやれ」

部下の方が、お茶を用意してくれる。

冷たいお茶で喉を潤しつつ、事情を話した。

「ビセンテ・セラ隊長から先ほど事情は聞いた。とても優秀だから作戦行動に参加させてあげてほしい、と」

「きょ、恐縮です」

「我々は今難しい立場に立たされている。敵が外だけでなく内側にもいる可能性があるからだ。王宮魔術師団内に我々の捜査情報を盗み出している者がいるらしいことがわかってきた」

シェイマスさんは言う。

「犯人は二人。使われた機材の痕跡から、三番隊の所属だと見られている」

「三番隊の先輩が？　何かの間違いじゃ――」

信じられない言葉。

呆然とする私に、シェイマスさんは言った。

「君はそう言うだろうな。協力者だから」

視界が揺れたのはそのときだった。

遠ざかる意識。

頭が重い。

(眠り薬……！)

ソファーに崩れ落ちる。

身体から力が抜けていく。

視界が暗転する。

「じっくり話を聞かせてもらうぞ。ノエル・スプリングフィールド」

目が覚めたとき、私は知らない部屋にいた。

頭がうまく回らない。

意識が混濁している。

私は椅子に手錠をかけられて拘束されていた。

魔法犯罪で使用される抗魔石製の手錠。

机の向こうで、シェイマスさんが私を見ている。

「質問に答えろ、ノエル・スプリングフィールド。お前は、我々に協力する形で捜査情報を盗み出そうとしているな」

「……していません」

「外部の協力者と通じているな」

「……違います」

「嘘をついても無駄だ。君は今、嘘を判別する一級遺物《裁きの天秤》の観測下にある」

シェイマスさんは感情のない声で言う。

「正直に話した方が身のためだぞ。答え方によって君に下される処罰も変わる。あまりに非協力的だと我々も相応の対応をしなければならない」

淡々とした言葉は、刃物のように冷たい響きを持っていた。

「嘘なんてついてません。本当です」

「それは、遺物に聞けばわかることだ」

シェイマスさんは隣にいる女性に言う。

天秤に魔力を込めて操作する彼女は、二番隊の魔法技師なのだろう。

私には聞こえないよう小声で言葉をかわしつつ、天秤の調整を続ける二人。

どうやら、対象者の心拍数と呼吸や発汗といった生理的反応から嘘と真実を判別するのがこの天秤の持つ力らしい。

効果が安定するまでしばらくかかるのだろう。あるいは、精度にいくらかのブレがあり、正しく判定するためには時間が必要なのかもしれない。

（とにかく、正直に答えよう。嘘をつくことなく、本当のことを）

方針を決めた私に、シェイマスさんは質問する。

「国別対抗戦から帰国後の一週間何をしていた」

「大好きな魔法の本を読んで過ごしてました。他のことはほとんどしなかったと思います。読みたい本が溜まっていたので」

「一週間あったんだ。それだけで終わったということはないだろう。外に出かけた時間もあったはずだ」

「いえ、ありませんでした。私、オンとオフがはっきりしているタイプなので。昔は外も好きだったんですけど、魔道具師ギルドに就職してから休日は家で一日中ゆっくりしないと身体が持たなくなったんです。一ヶ月に四百時間くらい残業してたので」

「一ヶ月に四百時間……？」

「とはいえ、貴重なお休みの日も午後から出勤しろみたいな連絡が来たりするんですけどね。だからこそ寝られるときに寝とかないといけないんです。あと、お風呂に入っておくのも大切ですね。家に帰れない日の方が多いですから」

「なんだその地獄のような環境……」

「結果、私はお休みの日は一日中ベッドの上で魔導書を読みながらゴロゴロするようになりました。もしかしたらちょっとだけズボラなところがあるのかなとか思われたかもしれません。しかし、これは時間の大切さを誰よりも知っている私が編み出した、最も満足度の高い休息の方法なのです。怠惰を身に纏うことで最高の休息を実現させている。むしろこれは大人の知的生活と呼ぶべきものであり実質私はイケてる大人女子で――」

「……お前、苦労してるんだな」

シェイマスさんは何度も「今のは嘘じゃないのか」と魔法技師さんに確認した。

しかし、天秤は正しく機能を果たしているのだろう。

嘘と判定されたのは、普段は丁寧な暮らしをしていると見栄を張ったところと、学生時代はモテモテだったと嘘をついたところだけだった。

「証言している内容について、この子は嘘をついていないと天秤は判定しています」

魔法技師さんは顔を俯けて言う。

「このタイミングで三番隊から来た助っ人なので、間違いなく何か事情を知っているはずだと思ったんですけど……」

「だが、現実として違うのであれば受け入れなければならない」

「申し訳ありません。必ずご期待に応えられると私が言ったばかりに」

「いや、君に責任はない。時間がない中で最善の選択だと俺が判断した」

シェイマスさんは私に向き直って言った。

「完全に俺のミスだ。無実の君に容疑をかけたこと、心から謝罪する。申し訳なかった」

頭を下げるシェイマスさん。

魔法技師さんが私の手錠を外す。

解放された両手を振りながら、私は言った。

「誠意は言葉ではなくお詫びの品で示してください」

「お詫びの品？」

「今度最高においしいごはんを奢ってください。高級焼き肉食べ放題がいいです」

「わかった。奢らせてもらう」

心の中で拳を握る。

先輩の隙はどんな手を使ってでも焼き肉に変えるという強い決意を胸に、私は日々を生きている。

「でも、どうして私が怪しいと思ったんですか？」

「我々の捜査情報を持ち出している容疑者と親しい可能性が高かった」

「その容疑者というのは？」

「レティシア・リゼッタストーンとルーク・ヴァルトシュタインが怪しいと我々は睨んでいる」

「…………！」

シェイマスさんの言葉に、私は息を呑んだ。

「何かの間違いです！　レティシアさんがそんなことするわけないですよ！　レティシアさんは絶対に違います！　ルークはやりそうですけど！」

「ヴァルトシュタインはやりそうなのか」

「ルークはやりますね。これ、絶対犯人ですよ。私にはわかります」

目的のためには、結構手段選ばないからな、あいつ。

「ヴァルトシュタインには何度も追っていた事件を横取りされている。我々にとっては最も警戒すべき天敵だ」

「そういえば、そんな話聞いたことあります」

「歌劇場でも見事にやられてしまったしな。ヴァルトシュタインの相棒（バディ）というだけで、君はどうしても怪しい存在に思えてならなかった」

「すみません。私が、強く言い聞かせておくんで」

代わりに謝りつつ、私は言う。

「でも、レティシアさんが怪しいというのはどうして？」

「一番隊時代から、彼女は何度か違法な手段で捜査情報を持ち出している疑いがあった。特に、ある大物貴族に関する捜査に関しては、並々ならぬ執着心があるように見えた。同僚である俺も怖いと思えるほどだったよ。絶対零度の《鉄の女》と彼女が呼ばれるようになった所以(ゆえん)だ」

「全然そんな怖い感じしないですけど」

「今の彼女は随分変わったからな。あるいは、爪の隠し方がうまくなったのか」

意外な話だったけれど、シェイマスさんが嘘を言っているようには見えなかった。

「その、ある大物貴族というのは？」

「高等法院を取り仕切っている大物の一人だ。名はヴィルヘルム伯。王国北部に堅固な地盤を持ち、住民たちに強く支持されている」

「あ、聞いたことあります。たしか、正義の大貴族みたいな感じだったような」

学生時代、図書室の新聞でよく名前を見かけたのを思いだす。

法の下の平等を掲げ、貴族が司法官を務める高等法院で最も影響力を持つ有力者の一人。

人気がある有名な人らしく、支持してるクラスメイトも多かったっけ。

「ヴィルヘルム伯は地元の新聞社を裏で掌握している。自分に都合の良い記事を書かせる中で国王陛下の税制改革を非難して、権力と戦う正義の人というイメージを作り出した」

「本当のところはどうなんですか？」

「救いようのない悪徳貴族だよ。両手じゃ足りない数の容疑がかけられているが、手口が巧妙で証拠を摑ませない。様々な財界人や聖職者と深く癒着し、高等法院の力を使って貴族特権を守っている」

「うわあ……」

闇を見てしまった。

田舎だと新聞社の情報は正しいってイメージが強いから、みんなうまく誘導されてしまうものなのだろう。

「我々は、今夜王都にあるヴィルヘルム伯の別邸に踏み込んで強制捜査を行う予定だ。君にも、作戦に参加してほしいと思っている」

「何か証拠が見つかったんですか？」

「ああ。第三王子殿下暗殺未遂事件に深く関与している可能性が浮上してる」

「それは急いで踏み込まないといけませんね」

「おそらく、これが最初で最後のチャンスだろう」

時間はほとんど残されていない。

どんな手を使ってでも、ヴィルヘルム伯の悪事を暴き、第三王子殿下を苦しめている魔法式を特定する情報を入手しなければならない。

だからこそ、シェイマスさんと魔法技師さんは私に対して強硬手段を取らざるを得なかったのだろう。

　そういう状況なら――私もできることは全部しておきたい。

「少し時間をいただいていいですか？」

「何をする気だ」

「情報は少しでも多い方がいいと思うんです。ルークはまだ帰ってきてないので無理ですけど、レティシアさんは近くにいる」

　シェイマスさんを見上げて、私は言った。

「レティシアさんに話を聞いてみます。もし二番隊の情報を使って独自に捜査を進めてるなら、何か知ってることがあるかもしれないので」

　私の提案に、シェイマスさんは渋い顔をしていたけれど、最後には納得してうなずいてくれた。

　情報を勝手に持ち出されていた取締局の人からすると、その容疑者に協力を要請するというのは受け入れがたいものがあったのは間違いなくて。

　それでも了承してくれたのは、これが絶対に失敗が許されない強制捜査だから。

（みんな、なりふり構わず第三王子殿下を救おうとがんばってる）

　レティシアさんの執務室へと歩きながら、気持ちを引き締めた。

（私も、自分にできるベストを尽くさないと）

問題は、レティシアさんが本当に二番隊から情報を持ち出していた犯人なのかどうかがわからないということだった。

シェイマスさんが怪しいと睨んでいる根拠は、隙のない手口と一番隊時代の言動だけ。

実際の先輩の行動に怪しいところはないのだと言う。

『……それ、普通に思い過ごしじゃないですか？』

『そう思うのも当然だろうな。だが、一番隊時代のレティシア・リゼッタストーンを見てきたからこそ、その可能性を考えずにはいられないんだ。あいつならやる。自分につながる証拠を一切残さずに』

シェイマスさんの言葉には、不思議な説得力があった。

長年、取締局で数々の難事件を追ってきた人だからだろうか。

根拠が不確かでも、決して軽んじてはいけない意見であるような気がした。

（まずは、レティシアさんが情報を持ち出した犯人なのかどうか突き止めないと）

説得する上で、シェイマスさんが提示した条件は、犯人であることが確定するまで今夜の強制捜査の情報を伝えてはいけないということ。

強制捜査の日時は絶対に外部に漏らしてはならない最重要機密。

知っている人の数は少しでも少ない方がいい。

（外部に漏らすのだけは絶対にダメだ。慎重に言葉を選ばないと）

レティシアさんの執務室へと向かう。

歩き慣れた三番隊のフロア。

しかし、秘密を抱えているからだろうか。

今はなんだか知らない場所みたいに見える。

(もう着いちゃった。けど、心の準備が)

もう少し歩いてから、戻ってこようか。

逡巡してから、部屋の前を後にしようとしたそのときだった。

「ノエルさん、どうかした？」

背後から聞こえたのは聞き慣れた声。

凜としてかっこいい大好きな先輩。

レティシアさんがそこにいた。


呼び止められてしまった以上、断って逃げることもできない。

一分後、私は落ち着かない気持ちで執務室の椅子に座っていた。

「ノエルさんは、砂糖とミルク多めだったわよね」

「いいですよ、先輩。私がやります」

「大丈夫。私こういうの好きだから」

いつも通りの優しい先輩。

出してくれるコーヒー。

しかし、今は少しだけ警戒してしまう私がいる。

（何らかの薬が入ってる可能性は）

レティシアさんがもし悪い人だったとしたら。

ないと思いたくて、信じたくて。

それでも頭をよぎってしまう可能性。

（バカか私は）

首を振る。

あんな風になりたいってずっと目で追っていた先輩。

悪い人なわけないって私は知ってる。

カップのコーヒーに口をつける。

レティシアさんは小さく口角を上げて言った。

「それで、どうかした？　なんだかいつもと少し様子が違うけど」

「実は少し、二番隊の人とお話する機会があったんです。その中で先輩のことが話題になりまして」

「私のことが？」

「先輩は何か隠してることがあるんじゃないかって。そして、その隠し事について私も力になれるかもしれない。そう思っています」

経験や駆け引きで、レティシアさんには敵わない。

だったら、全力の熱意と誠意。

本当の気持ちはきっと伝わる。

私はそう信じてる。

「先輩の秘密を話してくれませんか。私、先輩の力になりたいんです」

「………………」

レティシアさんは何も答えなかった。

静かな時間。

漂うコーヒーとシトラスの香り。

「……わかった。話すわ」

先輩は言った。

「実は父から、結婚相手のことで誰か良い人はいないのかって圧力をかけられててね」

「え？」

「私は一人が好きだし、仕事が好きだから結婚に興味はないんだけど。でも、父からすると年頃の娘が一人でいるというのは、世間体もあって嫌みたいで」

「そ、それは大変ですね」

「二番隊には従兄弟がいるから、きっとそこから漏れたのね。この前なんて、『ヒモでもいいからいないのか』って言われちゃって。その後少し考えてから『やっぱりヒモはダメだ！』って言ってたけど」

「大分ご乱心されてますね、お父様」

「正直、少し悩んでる。私くらいの年齢だとみんなそうなんだと思うけどね」

かっこいい先輩の意外な姿だった。

普段のクールで完璧な感じからは想像もできなかった残念女子的なエピソード。

（ギャップがあってむしろ素敵だと思います！　大好きです！）

やっぱりレティシアさん良いなぁって思ってから確信する。

（レティシアさんは何も隠してない。二番隊から情報を盗み出しているのは別の誰かだ）

でも、そうなると浮かんでくるのは次なる疑問。

犯人は二人いる、とシェイマスさんは言っていた。

（一人はルークと仮定するとして、もう一人はいったい……？）

香ばしいコーヒーの後味と共に、そんな疑問が残った。

# 幕間　或る少女の記憶

《先生》は正義の味方だった。
誇りと信念を持ち、常に虐(しいた)げられる者の味方だった。
《先生》は小さな私塾を経営していた。
月謝をほとんど取らず、庶民の子供にも親切に魔法を教えた。
孤児院で手の付けられない乱暴者だった男の子がいた。
いつも年上の不良少年と喧嘩しては、問題ばかり起こしていた。
そんな彼にも熱心に魔法を教えた。
目線を合わせて、真摯に向き合い続けた。
何度も衝突したけれど、少年は魔法が大好きになった。
喧嘩して問題を起こすことはなくなった。

娘が病に倒れた父親がいた。

嵐の夜だった。

彼は貴族家の当主だった。

お抱えの魔法医に連絡を取ることができず、近隣にある魔法医師の家へと走ったが橋は洪水で決壊していた。

彼は自分が世界中の誰よりも無力だと感じた。

娘は、多分この夜を越えられないだろう。

絶望しそうになったそのとき、思いだしたのが《先生》のことだった。

みんなに落伍者と言われているみすぼらしい老人。

普段は歯牙にもかけない相手だったが、祈るような気持ちで父は彼に「助けてくれ」と頼んだ。

《先生》は娘を見事な魔法で治してくれた。

おかげで、私は今も生きていられている。

私は《先生》に深く感謝した。

《先生》の私塾に通うようになった。

そして、少しずつ《先生》のことを知っていった。

《先生》は昔、王宮魔術師だった。

腐りきった世界と戦った。

ある大物貴族の不正を告発しようとしたのだ。

収賄。

禁止薬物と違法武器の密輸。

孤児院の子供への性的虐待。

もみ消し続けた悪行を白日の下にさらそうとした。

そして、負けた。

何の希望もない、みじめな負け方だった。

《先生》はみんなに後ろ指を指されていた。

収賄。禁止薬物と違法武器の密輸。孤児院の子供への性的虐待。

救いようのない最低の犯罪者。

魔法監獄で三十年服役した後も、着せられた無実の罪が《先生》の上に重たくのしかかっていた。

《先生》はいつも申し訳なさそうだった。

「みんなを怖がらせて心苦しい」というのが口癖だった。

七十歳を超えた《先生》の身体は小さくて、なんだか儚げに見えた。

だけど、魔物が町を襲うと自分の身を挺して人々を守ろうとした。

《先生》はかっこよかった。

皺だらけだったし、頭は禿げ上がっていたけれど私には誰よりもかっこよく見えた。

私は《先生》が好きだった。

深く尊敬していたし、守ってあげたいとも思っていた。

世界中すべての人が《先生》の敵になったとしても、私だけは《先生》の味方でいよう。

そんな私を、《先生》はみんなに内緒で家に呼んだ。

十歳の夏だった。

《先生》は私に冷たいお茶を出してくれた。

「すまないね。ひとつだけ私のお願いを聞いてほしいんだ」

《先生》は言った。

「君にこのノートを託す。もし私に何かあったら、これを君のお父さんに渡してほしい」

《先生》は「絶対に中を見てはいけない」と言った。

私は《先生》の言いつけを忠実に守ろうとしたけれど、その意味深なノートには抗いがたい魔性の力があった。

(誰にも言わなければ大丈夫)

私はノートを開いた。

だけど、その内容を私はなかなか理解することができなかった。

《先生》の字は綺麗だったけど、使われている言葉は子供には難しいものだった。

暗号の形式であえてわからないように書かれているところもあった。

誕生日にプレゼントされた辞書を手に、丁寧に少しずつノートの意味を私は理解していった。

そして、知った。

そこに書かれていたのは、《先生》が四十年前に告発しようとして失敗した大物貴族による不正の証拠記録だった。

記録の中には過去十年に行われたものについての記述も付け加えられていた。

《先生》はあきらめていなかったのだ。

無実の罪を着せられ、三十年監獄に入れられても正義の味方であり続けようとした。

思いだされたのはいつかの《先生》の言葉。

『私は、自分が何のために生まれたのか。そして、何のために生きているのか知っている。それだけで、どんなにみじめに見える状況でも、この上なく幸福で満ち足りた気持ちになれるんだ』

私は《先生》を心の底からかっこいいと思った。

多分、私は《先生》を勇気づけたかったのだ。

（いや、思うだけじゃいけない。ちゃんと言葉にして伝えよう）

みんなに後ろ指を指されている《先生》に、私だけは味方だよって伝えたかった。

次の日の朝、私は《先生》の家に向かった。

いつもと何ら変わらない穏やかな朝だった。

青空と天頂に張り付いた薄雲。

どこかから聞こえる蟬の声。

夏の日差しは透き通っていて、風はやさしく私の頰を撫でた。

なんだか気持ちよくて、《先生》の家へと走った。

家の前には人だかりができていた。

そのときに見た光景を、私は生涯忘れないだろう。

《先生》は死んでいた。

死体は傷だらけで、ひからびた猿のようにひどく赤茶けて縮んでいた。

目を覆いたくなるような拷問の跡があった。

死体を処理したのは大物貴族の息がかかった人たちだった。

《先生》は、新たに二十九の罪を着せられて、後ろ指を指される罪人として死んだ。


私はすぐに《先生》に託されたノートを父に渡した。

ノートを読んだ父はふるえる声で言った。

「中を見たかい？」

「見てないけど」

首を振った私に、父は少しだけ安堵したようだった。

「これはとても恐ろしいものだ。お前はこのノートを知らない。見たこともない。ノートは、パパが偶然見つけたもの。いいね」

父の言葉には、普段と違うひどく切迫した響きがあった。

私は初めて見る別人のような父の姿に、困惑しつつもうなずいた。

父はノートを高等法院に提出した。

アーデンフェルド王国の最高司法機関。

通常の司法権限に加えて、勅令や法令の登記と国王に建言する立法的行政的権限を持つ。

「少しお話を伺いたいのですが」

訪ねてきたのは高等法院の司法官だった。

司法官は仲間と共に、私と私の家族に話を聞いた。

私は父に言われた通り、何も知らないふりをした。

「ご協力ありがとうございました」

その後ろ姿を頼もしく思いながら見送ったことを覚えている。

同時に、心の中には深い安堵もあった。

《先生》から最後に託された大仕事を無事に果たすことができた、と。

それから一年が過ぎた。

嘘のように静かで平和な一年だった。

《先生》が告発した悪徳貴族は正義の味方のような顔で、王国の徴税制度の批判をしていた。

二年が過ぎた。
まだ何も起きない。
証拠集めに時間がかかっているのだろうか。
十年が過ぎた。
愚かな私もそのときにはすべてを理解していた。
高等法院は《先生》の証拠を握りつぶしたのだ。
すべてを闇に葬ることを選択した。
調べてみれば当然のことだった。
高等法院には貴族による裏金と収賄が蔓延していた。
正直者が馬鹿を見る世の中だ。
正義も正しさも富と権力には敵わない。
肥え太った救いようのない悪党どもが作った腐りきった世界。
だからこそ、私は《先生》の跡を継ぐことにした。
正義の味方として。
《先生》の遺志は私が果たす。
司法官が訪ねてきたあの日から、ノートの復元に六年かかった。
覚えていない細部を懸命に絞り出して、形にした。

ノートの裏取りに十三年かかった。

巧妙に隠蔽された証拠を集めるには、血の滲むような努力と執念が必要だった。

だけど、これくらい大したことじゃない。

《先生》の三十年に比べたら。

失った名誉と悲しく儚い生涯に比べたら。

(《先生》見ててください。外道どもは私が必ず地獄に叩き落とします)

「――副隊長?」

私は少しぼんやりしていたらしい。

こめかみをおさえてから、振り向く。

「何かしら?」

「西部地域における遠征の報告書を提出に参りました」

礼儀正しい後輩は、きびきびとした所作で報告書を差しだして言う。

「その、大丈夫ですか? なんだか、少し怖い顔をされていたように見えましたが」

「そうだった? 少し疲れてるのかも。ありがとう」

後輩を見送りつつ、冷静になれと自分に言い聞かせる。

悟られてはならない。

知られたら、巻き込んでしまうかもしれないから。

（ごめんね、ノエルさん）
力になりたいと言ってくれた後輩。
見送った後ろ姿に、少しだけ胸が痛くなる。
それでも、優先順位を間違えてはいけない。
大切な後輩をこんな危険なことに巻き込むわけにはいかないから。
（見ててください。《先生》）
レティシア・リゼッタストーンは、秘密の弾丸を隠し持っている。

# 第3章　強制捜査

「レティシアさんに協力してもらうことはできませんでした。本当に情報を盗み出した犯人なのか確信が持てなくて」

執務室で話した結果を伝えると、シェイマスさんはさして気にしていない様子で言った。

「構わない。作戦決行に備えろ」

作戦準備のお手伝いをする。

慌ただしく過ぎていく時間。

準備を手伝う中で感じたのは、今回の強制捜査が本来予定されていなかったものであるということだった。

とても万全とは言えない準備。

それでも強行することになったのは、おそらく第三王子殿下の容態が悪化したから。

ひしひしと感じる緊張感。

絶対に失敗は許されない。

ひりついた空気に、私も頬を叩いて気合いを入れる。

そして三時間後、私たちはヴィルヘルム伯の別邸の前で待機していた。

最後の日差しが山向こうをかすかに照らしている。

濃い群青の中、一番星が小さく瞬いていた。

「魔法不適切使用取締局だ。第三王子殿下暗殺未遂事件の嫌疑で強制捜査を行わせてもらう」

荘厳な両開きの門が開く。

別邸に踏み込むのは取締局に所属する二十一人の魔法使いさん。

事前の計画通り、別邸の主要な部屋を手際よく踏み込んで押さえていく。

「ノエルさん、この書庫の本を確認してもらえる？」

「了解しました！」

素早くたくさんの仕事をこなすのは私の得意分野。

加えて、文字を早く読むことについては四番隊の助っ人をする中でも経験している。

《固有時間加速(スペルブースト)》を起動して、見つかった資料に片っ端から目を通していく。

（不正や第三王子殿下の事件に関わる証拠は――）

しかし、なかなか有力な証拠資料は見つからない。

一見怪しそうなものも、よく読んでみるとまったく関係のないものばかり。

（これだけの量の本があるんだから、無理もないか）

さすがは王国有数の権力を持つ悪徳貴族様の大邸宅、なんて思いながら資料を読んでいた私だけど、次第にそこにかすかな違和感があることに気づき始める。

（あまりにも不正に関係する資料が少なすぎる。まるでこの日のために準備していたみたいに）

強制捜査が行われることを想定して、あらかじめ対策をしていたのだろうか。

（いや、それにしたって出来すぎな気がする）

素早く資料に目を通しながら考える。

（ヴィルヘルム伯は強制捜査が今夜行われることを予期していた？）

嫌な予感がした。

とにかく、感じたことをシェイマスさんに伝えに行こう。

「あの、シェイマスさん。少し気になることが」

感じた違和感を伝えると、シェイマスさんは眉間の皺を深くしてうなずいた。

「俺も同じことを考えていた」

「となると有力な証拠資料は、既に持ち出されている可能性もありますか？」

「いや、それはない。第三王子殿下の事件の後、この屋敷には監視をつけていた。少なくとも、回復阻害の魔法式を微少化した際に使われた迷宮遺物と魔法式の資料は、間違いなくこの敷地内にある」

「なら、絶対に見つけなきゃですね」

それを見つけることができれば、絶望的な状況を覆し、第三王子殿下を救うことができる。

再び屋敷内の捜索に戻ろうとしたそのときだった。

「シェイマス・グラスさんですね」

言ったのは、高貴な身なりの男性だった。

「私はこの屋敷の主人であるヴィルヘルムです。今回の強制捜査は高等法院で制定した法律に反している。よって私は貴方たちが行った法を犯した捜査を取り締まらなければなりません」

「我々はこの国の法に則って捜査しています。言いがかりはやめてもらいたい」

「いいえ。本日高等法院で制定された新法に反しているのです」

「そんな話は聞いていないが」

「今し方決定しましたからね」

「手を回すのが早いな。今回はいくら積んだ?」

「法の正義に則って、我々は貴方たちを拘束しなければなりません」

ヴィルヘルム伯の私兵が私たちを取り囲む。

洗練された動きと所作。

彼らが訓練された手練(てだ)れ揃いであることは一目でわかった。

(こうなることを予期して準備してた、か……)

数の上では明らかに向こうが多い。

しかし、ここにいるのは取締局に所属する凄腕の魔術師たちだ。

危険な状況でも、その顔には自負と自信がある。

(私も戦いに備えて準備を)

補助魔法を起動しようとして、気づいた。

(魔法が使えない――)

おそらく、私とエヴァンジェリンさんを襲撃する際にも使われた、効果範囲内の魔法使用を制限する迷宮遺物。

そこで私は理解する。

今夜の強制捜査はすべてヴィルヘルム伯の手のひらの上。

この状況を作るための罠だったということを。

「魔法式が起動しません!」

「最初からこうなることを見越してたってわけか……!」

広がる動揺。

先輩たちの声にも焦りの色がある。

(何か、何かこの状況を切り抜ける方法は――)

目だけ動かして周囲を見回す。

視界の端に映ったのは、シェイマスさんが後ろ手にポケットから何かを取り出しているところだった。

小さなボトル状の大きさのそれは――発煙弾。

ピンを抜かれた発煙弾がゆっくりと回転しながら床に落ちる。

白い煙が舞うのと同時に、シェイマスさんは私の手を引いた。

「退くぞ。奥の地下室に逃げ込め」

取り囲んでいた兵士の一人を投げ飛ばして、地下室の扉を開けるシェイマスさん。

追いかけてくる私兵たちを懸命に押し返しつつ、地下室に逃げ込む。

「数が多すぎる！　耐えられませんよシェイマスさん！」

「落ち着け！　今は目の前の敵だけに集中することだけ考えろ！」

シェイマスさんは鋭い声で指示してから、小声で私に言う。

「お前、あの通風口通れるか」

地下室から地上に続く通風口。

かなり狭そうだけど、小柄で人より少しだけスレンダー気味の私なら、通れる可能性はあるかもしれない。

「わかりませんけど、可能性はあると思います」

「俺たちで時間を稼ぐ。お前はあれで脱出しろ」

「でも、シェイマスさんたちが――」

「既に逃げられるような状況じゃない。可能性があるとしたらお前だけだ」

シェイマスさんは言う。

「頼む。手がかりを見つけ、殿下を救ってくれ」

もう考えていられるような状況じゃなかった。

埃をかぶった通風口に身体を突っ込んで懸命によじ登る。

「信じろ。お前ならできる」

後ろから聞こえた声。

響く鈍い音に、歯噛みしつつ地上を目指した。

窮屈な通風口。

明らかに人間が通ることを想定して作られていないその中を、なんとか身をよじって進んでいく。

錆び付いた金網を体当たりで外して、外に転がり出た私は、周囲から響く足音に愕然とした。

(囲まれてる……！　もう追っ手が……！)

狭い路地に飛び込んで逃げるけれど、見つかるのも捕まるのも時間の問題。

「探せ！　この近くにいるぞ！」

すぐ背後から聞こえる声に、心臓が止まりそうになった。

飛び出そうとした路地の前方から誰かの足音。

(まずい、見つかる……！)

息ができなくなったそのとき、不意に物陰から飛び出してきたのは別の誰かだった。

「静かに」

私の手を引いて、口元を押さえる。

黒いフードを目深にかぶった長身の男。

反射的に殴り飛ばそうとした私は、その声の響きに寸前で手を止めた。

「おい、発煙弾だ！」

「東側に逃げたぞ！　追え！」

すぐ近くから響く私兵さんたちの声。

狭い空間で二人、息を殺す。

足音が通り過ぎてから、私はフードの男をじっと見上げた。

少しだけ甘いバニラの香り。

その匂いを私はたしかに知っていた。

（え、でも……）

その人はここにいるわけがなくて。

だけど、間違いない。

混乱と戸惑いの中で、私は言った。

「ルーク、なにやってんの？」

「ルーク？　いったい誰のことだ？」

フードの男は低い声で言った。

「私の名前はギレン・ハミット。王国秘密情報局に所属するエージェントだ」

「いや、ルークだよね。どう見ても」

「知らないな。まったく、誰のことだか」

肩をすくめる男。

フードの裾を持ち上げようと手を伸ばす。

男は慌てて身をかわしたけれど、狭い路地の中では私の追撃から逃げ切ることはできなかった。

零れる銀色の髪とサファイアブルーの瞳。

「やっぱルークじゃん」

「なんでそう勘がいいかな、君は」

目をそらすルーク。

どうやら、嘘を見抜かれたのが恥ずかしかったらしい。

やーい、照れてやんの。

どうからかってやろうかと言葉を探していた私は、不意に顔の近さに気づいてどきっとする。

「ま、まあ私にかかればこんなものだよ」

距離を取ってそっぽを向きつつ言う。

「で、ルークはなんでここにいるの？」

「取締局がヴィルヘルム伯の強制捜査に踏み込む。こんな大チャンス黙って見過ごす手はない」

「まさか、療養所を抜け出して――」

「もうほとんど完治してるから」

「それは完治とは言わない」

唇をとがらせる私に、ルークは目を細める。

「相棒（バディ）であり友人として、君だけに危険な思いをさせるわけにはいかないでしょ」

多分私は怒らないといけなかったんだと思う。

なに無茶してんだよ、休んでなきゃダメじゃんって。

しかし、できなかった。

私はほっとしてしまったのだ。

第三王子殿下を救えるかどうかは私の肩にかかっていて。

だけど、力不足かもしれない。

私では無理かもしれない。

そんな風にどこかで感じていたから。

潤んでぼやける視界。

隣にいる心強さに気がゆるんでしまった。

おかしいな。

らしくない。

ルークにだって負けないくらい強い私のはずなのに。

「あれ、埃が入ったのかな」

慌てて目元を拭う私に、

「そうみたいだね」

ルークはそう言って、見ないふりをしてくれた。

神様からもきっと見えない狭い路地の隙間。

静かに時間が過ぎていく。

◇  

「隊長。ルークさんが脱走しました」

ハリベルの報告に、ガウェインは表情を変えずに言った。

「包囲は万全だったはずだろ。何があった」

「それが、一番近くにいたヘンリーが懐柔されてしまったそうで」

「懐柔？」

「相棒(バディ)である彼女がいかに大切な友人か、真剣に打ち明けられたそうなんです。『ノエルがいないと今の僕はない』『ノエルのためなら僕はなんでもする』『命より大切な何かを一緒に手放してしまう気がするから』などと聞かされた結果、情にほだされてしまったようでして」

「あくまで友人と言い張ってるあたりがあいつらしいな」

「そういういじらしい部分もヘンリーの胸を打ったようです。ヘンリーの裏切りによって事態の発覚も遅れ、既にルークさんはアーデンフェルド国内に入っている可能性もあると」

「間違いなく入ってるだろうな。治療の進捗はどうだった？」

「ほとんど完治したと言っていい状態みたいです。だからこそ、ヘンリーも行かせてやるべきじゃないかと思ってしまったようですが」

「優しいところあるからな、あいつ」

「隊長を裏切ったのは事実。どんな罰でも受けると言っていました」

「お前が行かせてやるべきだと判断したならそれでいいって伝えてくれ」

ため息をついて言ってから、ガウェインは窓の外に視線をやる。

「それより、取締局から強制捜査についての報告は入ってるか」

「今のところ特に報告は入っていないみたいですね」

「何かあったかもしれない。動ける準備をしとけ」

「心配しすぎですよ、隊長」

　ハリベルは小さく笑って言う。

「今回は助っ人のノエルの他に、元三番隊のやつも何人か参加してるみたいですけど、みんな優秀な手練れ揃い。何せあの二番隊の最精鋭が集う魔法不適切使用取締局ですから」

「それはわかってる。だが、独断で無茶なことをしそうなやつがいるんだよ」

「まさかルークさんですか？　さすがにないですよ。この速さはいくらなんでもありえないですって」

（それをやっちまうのがあいつなんだよ）

　ガウェインは深く息を吐いてから、机に置かれた書類に視線をやる。

　半休を取るための申請書。

　美しい字で書かれたそれは、今日の昼過ぎにレティシアから提出されたものだった。

　定時よりも三時間早く退勤したいと彼女が申請したその理由をガウェインは知らない。

　だけど、なんとなく嫌な予感がした。

　彼女の動きは、取締局が強制捜査を行うことを見越してのものであるように見えたから。

（無茶してないといいが）

◇　◇　◇

「取締局の人たちは罠にかけられて捕まった。ヴィルヘルム伯は魔法を封じる迷宮遺物を持ってるんだ」

ひとしきり泣いてすっきりしてから、暗い路地の中で情報を共有する。

《精霊女王》と君の襲撃に使われたのと同じ類いのものか」

「多分百人近い人数の私兵が動員されてる。今は私たちを追ってると思うけど」

「なかなか簡単にはいかなそうだね」

「正直私たち二人だけじゃ厳しいと思う。助けを呼ばないと」

「それは難しいだろうね」

「どうして？」

「高等法院で可決された新法がある」

はっと息を呑む。

「そっか。新法によれば今回の強制捜査は違法行為だから」

「王宮魔術師団の動きは事実上封じられている」

「でも、よく知ってたね。シェイマスさんも知らなかったみたいなのに」

「高等法院にも弱みを握ってる貴族が何人かいるから」

こともなげに言うルーク。

「でも、助けが呼べないとなると動けるのは私たちだけ。たった二人で取締局の人たちも勝てなかった厳重な警備態勢を突破するなんて……」

到底不可能に思える状況。

「できるよ。僕らなら」

だけど、ルークは言った。

「最強無敵の二人だから、悪徳貴族なんかに負けるわけない。違う？」

不敵な笑み。

身体にじんわりとあたたかな何かがみなぎっていくのを感じる。

それは私に前に進む力をくれる。勇気をくれる。

私はうなずいた。

「そうだね。二人で一緒に殴りに行こうか」

「言葉のチョイスが豪快だよね、いつもながら」

「だって、正義の味方みたいな顔して裏で悪いことしまくってるんだよ。その上、賄賂と裏金で自分を守るための法律まで作って」

「いいじゃない。それなら破っても心が痛まない。規則を破って悪いことをするのは嫌いじゃないでしょ」

思いだされるのは学生時代の記憶。

学院寮の就寝時間を破って抜け出した夜のことを思いだす。

「うん、大好き」

にやりと口角を上げた私に、ルークは言った。

「それじゃ悪者として、もっと悪い極悪人を退治しに行きますか」


魔法を封じる迷宮遺物の範囲外に出てから、隠蔽魔法を使って慎重に移動する。

ルークが向かったのは、敷地の南側にある別館だった。

主としてヴィルヘルム伯の息子が使っているこの建物。

そして、ルークが伯爵の弱点だと考えているのもこの息子だった。

「ヴィルヘルム伯は一人息子を溺愛している。結果、息子バルドゥールはわがままで傲慢な性格に育った。使用人を下に見て、無茶なことを言ってよく困らせているとか。つまり、彼になりすませば厳重な警備態勢の中でも比較的自由に動くことができる」

「でも、なりすますってどうやって」

「これを使う」

ルークが取り出したのは、小さな小瓶。

ふわりと香るベルガモットの香り
二角獣（バイコーン）の角、魔女草、マンドラゴラの根、魔晶石とベルガモットの実を調合して作るその薬は

――変身薬。

「まずは別館の倉庫に忍び込もう。バルドゥールが使っている馬車がある」

馬車の座席から、落ちている髪を採取する。

変身薬に沈めて待つこと三分半。

完成した薬を飲むと、ルークの身体はみるみるうちにわがままそうな貴族男性のそれに変わった。

「待ってて。中から窓の鍵を開ける」

屋敷へ歩いて行くルーク。

玄関に佇む警備の人を、見下したような態度で突破する。

(意外と演技派だな、あいつ)

感心しつつ待っていると、鍵が回って裏手の窓が開いた。

「ここから中に入れる？」

「余裕」

雨樋をよじ登ってから、小窓に左足をかけ、身体を押し込んで中に入る。

昔から木登りと虫取りでは誰にも負けなかった私だ。

こういうのは得意中の得意技。

眩しいシャンデリアの光に目を細める。

そこは、衣装室のようだった。

赤い絨毯と美しい調度品。

色とりどりのドレスが並んでいる。

「バルドゥールは三つ年上の恋人に入れ込んでる。ここは彼が彼女のために作らせた衣装室」

落ちていたブロンドの髪の毛をつまんで言う。

「私はその恋人に変身する、と」

「そういうこと」

「でも、大丈夫なの？　本物の息子もこの中にいるんじゃ？」

「大丈夫。今眠らせてきた」

「仕事が早い。さすが」

手際の良さを頼もしく思いつつ、変身薬に恋人さんの髪を入れる。

「僕は外の様子を見てるから」

少し気まずそうに言うルーク。

（そっか。着替えないといけないから）

同い年の男子がいる空間での着替え。

別に気にしない方ではあるのだけど、封印都市で抱きすくめられたことを思いだすと少し意識しちゃうというか。

（いけない。今は仕事に集中！）

自分に言い聞かせながら、恋人さんの服に着替える。

美しい刺繡のきらびやかなドレス。

しかし、そこにあったのは絶望そのものの光景だった。

余りまくった袖。

ぺたんとなった胸元。

長すぎるドレスの丈。

（考えるな……何も考えるな……！）

変身薬を飲む。

身長が伸びて、ドレスのサイズはぴったりになったけど、釈然としない何かが頭の中に残った。

「着替えたよ、ルーク」

「うん……ってなにその顔」

「大丈夫。痛みを乗り越えて大人になっただけだから」

「痛み……？」

ルークはよくわかっていないようだった。

それでいい。わからない君でいてくれ。

痛みを知った大人な顔でうなずいてから、私は外の様子をうかがう。

「それで、これからどうするの？」

「横暴な息子と恋人の演技をしつつ、屋敷の資料を探す。息子は相当恋人に入れ込んでるみたいだったから、恋人に頭の良いところを見せたいって感じの演技で行こう」

「私はどうすればいい？」

「そんな年下の恋人をかわいがってる感じかな」

「なるほど。余裕ある大人のレディだね。任せて」

知的で落ち着いた大人女子である私にとっては得意分野だ。

「証拠資料を隠してそうな場所の心当たりはある？」

ルークの言葉に、私はうなずく。

「多分、普通に探しても見つからない場所にありそうな気がする。ヴィルヘルム伯は強制捜査があるのをわかってたみたいだから」

「なるほどね。それなら、まずは本館の書庫に向かおう。読みたい資料がある」

わがままそうな貴族男性の顔でルークは言った。

「潜入作戦開始だ」


こうして始まった、ヴィルヘルム伯別邸潜入捜査。

大丈夫かな、とおっかなびっくりな私に対して、ルークの演技は堂々としたものだった。

「おい、どこにいるワードワース！」

鋭い声で執事を呼び出して言う。

「本館の書庫をエルザに見せたい。靴を用意しろ」

「し、しかしバルドゥール様……今は王宮魔術師団の強制捜査が行われた直後。兵士の方々の邪魔をしてはいけませんし」

「関係ない。俺に刃向かうのか、貴様」

「しょ、承知しました。少しお待ちください」

慌てた様子で準備する執事さん。

私はびっくりしつつ、小声でルークに言う。

「え、演劇経験がおありで？」

「ないよ。ただ、僕の場合は幼い頃からずっと演じてるところあったから」

「そうなの？」

「うん。父親が望む理想の息子。誰もがうらやむ完璧な優等生」

「なるほど」

見事なまでの仮面優等生だった頃のルークを思いだす。

この演技力はそこで培われたものというわけか。

加えて、貴族社会で育ったルークだから、横暴な振る舞いをする貴族の姿を目にした経験も多くあるのだろう。

いいね、素晴らしい。

天性の大女優である私の相手役としては申し分なし。

私も手加減することなく、お風呂掃除の時間にミュージカルごっこをして磨いた演技力を発揮することができる。

「さすがね、あなた。知的で素敵だわ。うふ、あはーん」

「……なに、その異常に粘着質な口調」

「天才女優である私の、大人のレディを表現した完璧な演技だけど」

「…………」

ルークは感情のない目で私を見て言った。

「ノエルは何も言わず黙って僕についてきて」

戦力外通告されてしまった。

なぜだ。

（すごくいい演技だと思うんだけど）

納得がいかない。

どうしてだろう、と理由を考えていた私は、不意に気づく。

（なるほど。ルークのやつ、大人の女性な私が魅力的すぎて、ドキドキしちゃったんだな）

それなら、すべてつじつまが合う。

「わかった。黙っておいてあげるよ。私って罪な女」

「ん？　まあ、いいけど」

案内してくれる執事さんに続いて、二人で屋敷の敷地内を歩く。

鮮やかな青紫色のサルビアとデルフィニウムが咲く庭。

慌ただしく行き交う兵士さんたち。

逃げた私のことを探しているのだろう。

ヴィルヘルム伯がいる本館の周りは一際厳重な警備態勢が敷かれていた。

豪壮な四階建ての建物を見上げる。

（やっぱりここが一番怪しい感じがする）

橙色の照明が照らす正面玄関。

二人の兵士さんが門番のように周囲を見回していた。

「どういったご用件ですか？」

落ち着いた口調で言う兵士さん。

前を歩いていた執事さんが答えた。

「バルドゥール様が本館の書庫を見たいと」

「ダメです。明日にしてください」

有無を言わさぬ鋭い言葉。

強制捜査を警戒していた兵士さんたちからすると、なるべく中に人を入れたくないのだろう。

しかし、ここに入れないと私たちは大変困ったことになってしまう。

(どうにかして中に入らないと)

考える私の隣で、ルークが言った。

「明日だ？　ふざけるな。俺に楯突くのか」

「今は誰も入れるわけにはいかないのです。まだ捕まっていない王宮魔術師も一人いるとのことですし」

「関係ない。俺が見たいと言っているんだ。この意味がわからないか」

「明日にしてください」

「父に言ってクビにするぞ」

鋭い言葉。

兵士さんは息を呑み、黙り込んでから言った。

「…………承知しました」

開けてくれた扉をくぐって、お屋敷の中へ入る。

執事さんの後に続きながら小声で言った。

「今からでも役者の仕事始めたら？」

「クビになったら考えるよ」

きらびやかな廊下を歩く。

美しい調度品と絵画も、私たちが偽物だということにまるで気づいていないようだった。

「どうぞごゆっくりお過ごしください」

恭しく頭を下げる執事さんの脇を通って、書庫の中へ。

本館で最も大きい一階の書庫は、強制捜査において重点的に探索された場所でもあった。

「どうしてここに来たかったの？」

「この建物についての資料が読みたかった。設計図とか施工図とか」

「なんでそんなものを？」

「見ればわかるよ」

二人で書庫を探索する。

学生時代は毎日のように図書室で本を探していた私なので、棚から本を探すのは得意中の得意。

「これとかどうかな？」

「完璧。さすが」

床に大きな施工図を広げてのぞき込む。

事細かに書かれた寸法の数字を確認してルークは言った。

「この数字違うね。ここの数字も違う」

「どうしてわかるの？」

「さっき歩きながら測ったから」

「なにその特殊技能」

「僕の歩幅は七十二センチだから歩数を数えれば大体の距離は測れる」

「いや、普通歩幅ってずれたりするし」

「僕は小さい頃から美しい歩き方を叩き込まれてるから」

施工図に目を走らせながら、淡々と言うルーク。

「おそらく、東区画の廊下。このあたりが怪しいかな」

「何があるの？」

「隠し部屋」

ルークは口角を上げて言った。

「ヴィルヘルム伯の心臓が見えてきた」


隠し部屋の位置を探すには、いくつかの障害があった。

まずは、書庫の前で待機している執事さん。

「中に入れ」

言って連れ込んだ書庫の中。

ルークの動きは速かった。

素早く後ろに回り込んで拘束し、口元を手で覆う。

起動する魔法式。

《誘眠魔法(スリープ)》

眠った執事さんを書庫の奥に隠す。

それから書庫を出て、廊下を探索した。

「誰かに見られても堂々と。僕らは父親の家を歩いているだけ。いいね」

「わかった」

小声で言うルークにうなずきを返す。

長い廊下を歩く。

兵士さんとすれ違うたびに心臓が止まりそうになった。

バレてるんじゃないか。

何かミスして気づかれちゃうんじゃないか。

忍び寄る不安を懸命に押し殺す。

しかし、意外なくらいに兵士さんは私たちのことを疑っていなかった。

多分二人組というのが大きいのだろう。

逃走中の王宮魔術師は一人だけ。

加えて、命からがら脱出して逃走している私が、本館に忍び込んでいると思わないのは自然なこと。

うまく裏をかけている。

とはいえ、それでも百人以上の兵士さんが警戒しているわけで、厳しい状況なことには変わりないけど。

「おそらく、エプテオワーズ大聖堂が描かれた絵画のあたりだと思う。埃の付き方が他の絵と違ったから」

小声で言うルーク。

「たしかに、見張りの人も常に二人いるね」

両側から距離を置いて、隠し部屋があることを悟らせないように意識しつつの警戒態勢。

見晴らしの良い長い廊下なので、怪しい動きがあればすぐに気づかれてしまう。

「どうするの？」

「あまり時間もない。強行突破しよう」

ささやくように言ってから、声を荒げた演技で続けた。

「おい、お前たち！　この像を俺の部屋へ運べ」

一瞬でルークは別人になっている。

見事な演技力に感嘆しつつ、私も澄ました大人なレディの演技でアシスト。

「それはできかねます、バルドゥール様。今私はこの屋敷を警備する仕事を任せられておりますので」

困った顔で近づいてくる兵士さん。

「俺が言ってるんだぞ。運べよ」

「しかし、それは――」

ルークが動いたのはそのときだった。

不意をつき、素早く後ろに回り込んで拘束して《誘眠魔法（スリープ）》で眠らせる。

もう一人が慌てて反応したそのときには、私が既に彼の背後に回り込んでいた。

魔法で眠らせて、力なく崩れ落ちた彼の身体を抱える。

「さすが」

「長い付き合いですから」

素早く二人の身体を隠してから、大聖堂の絵画を点検する。

壁を叩いて音を聞いて、隠し扉の機構を判別。

ルークが扉を開けるのに、さして時間はかからなかった。

中に入って扉を閉め直す。

そこは蘇芳香（すおうこう）の絨毯が敷かれた小さな部屋だった。

薄暗い魔導式電球の明かり。

三方の壁に書棚が置かれていて、分厚い本と資料が一面に並んでいる。

（ここに第三王子殿下を救う手がかりが……）

時間は限られている。

《固有時間加速（スペルブースト）》を使って本と資料を一冊ずつ確認していく。

しかし、肝心の手がかりはなかなか見つからない。

それどころか、ヴィルヘルム伯の行っている不正についても扱われている数字が小さいものばかり。

「ルーク。ここ、もしかしたら罠かもしれない」

「罠？」

「時間を稼ぐための囮かもって。なんとなくだけど」

「ありえるね」

ルークは口元に手をやって部屋を見回す。

かがみ込んで、小さく目を見開いてから絨毯をめくった。

「当たりだ。地下に続く隠し扉がある」

絨毯の下にあった隠し扉。

正方形のそれを開けると、井戸のような大きさの穴が広がっていた。

金属製の梯子が打ち付けられていて、地下深くへと続いている。

梯子を下りようとしてルークは、動きを止める。

「ノエルが先に下りて」

「なんで？」

ルークは無言で私のスカートを指さした。

なるほど、たしかにそれは私が先じゃないとよくない。

井戸のような穴の中へ下りていく。

梯子の冷たい感触。

吹き上げる生暖かい風。

かびくさい臭い。

地面との距離を確認して、ジャンプして着地。

顔を上げた私は、そこにあった光景に絶句することになった。

一面に積まれた黄金の山。

金塊が所狭しと積まれ、照明の明かりを怪しく反射している。

「隠し財産か。随分貯め込んでたらしい」

後から隠し部屋に下りたルークが言った。

「す、少し持って帰っていいかな？」

「ダメだよ」

二千年くらい遊んで暮らせそうな黄金の量に、パニックになって煩悩に支配される私に対して、ルークは冷静だった。

「奥に棚がある。不正の証拠もありそうだね」

「そうだった！」

第三王子殿下を救う手がかりを探しに来たんだった。

慌てて駆け寄って、棚の資料を点検する。

そこに記録されていたのは、恐ろしい量の不正の山。

裏金、収賄、汚職……社会の闇を煮詰めたような記録の数々。

何より恐ろしいのは、裁判所と裁判官への裏金も多く記録されていることだった。

こんな金額をもらって、公平な判断なんてできるわけがない。

もみ消された犯罪の数々にめまいがしそうだった。

暴行、傷害、脅迫、殺人、強姦、使用人と孤児院の少年少女たちへの性的暴行。

無実の罪を着せられた人たちもたくさんいた。

そうやって敵対者を陥れ、力で屈服させてきたのだろう。

（なんという外道……！　殴りたい……！）

拳をふるわせつつ、第三王子殿下の事件に関連する資料を探す。

しかし、なかなか見つからない。

変身薬の効果も切れ始めていた。

ブロンドだった髪はほとんど元の髪色に戻っている。

この感じだと、あと数分もすれば元通りの私に戻ってしまうだろう。

（早く見つけないと……）

懸命にページをめくっていたそのときだった。

（クレオメネス王毒殺事件……）

失われた古代文明で使われていた言語体系と魔法式。

書かれている内容と魔法式の構造を丁寧に解読する。

（魔法式を織り込んだ毒薬を作る特級遺物と回復阻害の魔法式……）

思わず息を呑む。

ずっと探していたものがここにある。

ここまで詳細に魔法式を特定できれば、《救世の魔術師》ビセンテさんなら間違いなく第三王子殿下を救えるはず。

（これを持ち帰れば、助けられる）

「ルーク！　見つけた！　脱出しよう！」

「了解」

ルークは不正の証拠を持ち帰りやすいように紐で縛ってまとめていた。

ごく一部しか持ち帰れないのは歯がゆいけど、今は時間が限られているし第三王子殿下を救うのが最優先。

ルークに続いて梯子を上がる。

問題は、探索をしている間に変身薬の効果が切れてしまったことだった。

これでは、侵入時みたいに横暴息子と恋人のふりをすることはできない。

加えて、ナイスバディだった私の胸元は影も形もない無残な状態。

(許せん……私の胸元が控えめになってしまったのも、間違いなく悪徳貴族のせい。絶対ボコボコにしてやる)

行き場のない怒りを、元凶であるヴィルヘルム伯に全力でぶつけようと決意していたそのときだった。

「おい！　俺を気絶させた不届き者を探せ！　早くしろ！」

「犯人はバルドゥール様に化けています！　探してください！」

響く怒声と無数の足音。

「兵士が眠らされているぞ！」

「隠し扉だ！　犯人は隠し扉の中！」

……バレてる。

あちゃーと頭をかく私に、ルークは言った。

「急いで。罠を用意して裏をかく」

冷静で自信に満ちた声。

「背中は預けるよ、相棒」

思わず頬がゆるんでしまったのは、そこに頼りにされてる信頼を感じたから。

ほんと、誰よりも私に期待してくれるんだ、この人は。

だから私もうれしくて、期待に応えたくなってしまう。

気づかれないように口角を上げて、私は言った。

「任せて」

# 第4章　願いと対価

ヴィルヘルム伯は王国内で二十六ヶ所の孤児院と救貧院を経営していた。

金の動きを隠蔽する隠れ蓑として作られたこれらの施設だが、彼にはもう一つ大きな目的があった。

それは、身寄りがなく貧しい子供たちに対する性的虐待。

彼は四十年の間に確認されているだけで、１９７４人の少女と１８８６人の少年に暴行を加えた。

年齢は五歳から十七歳まで。

特に好んだのは中性的で華奢な男の子だった。

そうした彼の本性について、少なくない人数の人が知っていた。

だが、皆一様に口をつぐんでいた。

彼らはヴィルヘルム伯と対立した者が不思議な偶然で変死することをよく知っていた。

ヴィルヘルム伯は少年少女を使って王国内の有力な貴族や権力者に性接待を行っていたし、秘密を暴こうとすれば関わっている全員が敵に回るのは明白な事実。

闇は闇のままにしておいた方が良い。

少なくとも、そこに命を懸けるほどの価値はないと大多数の人が思っていた。

ほんのわずかな信念を持った人間が告発しようと動き、無実の罪を着せられて変死した。

穏やかで平和な時代だった。

見て見ぬふりさえしていれば、すべては何の問題もなく進んでいった。


その日、ヴィルヘルム伯が滞在する王都の別邸に派遣されたのは十一歳の女の子だった。

王都の孤児院から連れてこられた彼女は、髪が短く中性的で整った顔立ちをしていた。

間違いなくヴィルヘルム伯が好む外見だと、孤児院の院長は自信を持って少女を送り出した。

良い仕事をした誇らしさと充実感さえ感じていた。

長く続いた環境が彼から正常な倫理観を奪い去っていた。

少女は何も知らなかった。

ただ、「君は選ばれたんだ」「すごく名誉なことなんだよ」「君にしかできない特別なことなんだ」とだけ聞かされていた。

その胸には純粋な喜びがあった。

責任感と自負があった。

選ばれたのだから、がんばらないといけない。

少女は、大人たちに連れられてヴィルヘルム伯の私室を訪ねた。

「素晴らしい。気に入った」

ヴィルヘルム伯は笑みを浮かべて言った。

「下がれ。二人だけで話がしたい」

執事は賢い猫のように一礼して、扉を閉めた。

贅の限りを尽くした部屋の中に少女とヴィルヘルム伯だけが残った。

「こちらに来なさい」

ヴィルヘルム伯は大きなベッドに座って、少女を呼んだ。

自分の左隣を手で叩いて、座るように指示した。

「これから私がすることは二人だけの秘密だ」

ヴィルヘルム伯は少女の背中をさすりながら言った。

「いいかい。これは君のためにしないといけないことなんだ。君は身体の中に黒い靄のようなものを抱えてしまっている。そのせいで君は両親に捨てられた。でも、悪いのは君じゃない。身体の中にある悪いものなんだ」

耳元に顔を寄せ、ささやくように言った。

「私が、君の中の悪いものを取ってあげるからね」

言って、ヴィルヘルム伯は少女のキャミソールを脱がそうと持ち上げた。

少女が動いたのはそのときだった。

彼女は、全体重をかけてヴィルヘルム伯の身体をベッドに引き倒し、ベッドシーツをつかんで口に詰めた。

目を見開くヴィルヘルム伯に、別人のように大人びた声で言った。

「私は貴方の眼球を凍り付かせて二度と目が見えなくすることができる。私は貴方の喉を凍り付かせて二度と呼吸できないようにすることができる」

少女は感情のない声で続ける。

「私は十九年間ずっと貴方を殺してやりたいと思っていた。そのことを理解した上で発言しなさい。余計なことを言わないで。つい殺してしまうかもしれないから」

手際よくヴィルヘルム伯を拘束する少女。

口の中からシーツを外されたヴィルヘルム伯は、低い声で言った。

「お前は誰だ」

「貴方の罪を裁く者」

揺れる髪が藤色のそれに変わる。

ベルガモットを使った変身薬。

レティシア・リゼッタストーンは感情のない少女の顔で言った。

ヴィルヘルム伯をシーツで後ろ手に縛って拘束してから、レティシアは部屋のクローゼットを開けた。

落ち着いた所作で使用人のものらしい執事服を選んで着る。

大きくぶかぶかだったそれは、変身薬の効果が薄れるにつれて測ったようにサイズ通りになった。

「お前の顔は知っている」

ヴィルヘルム伯は言った。

「私のことを執拗に探っていた王宮魔術師だな。不正を摘発した貴族の恨みを買い、違う部署に飛ばされたと聞いていたが」

「食事に毒が盛られていたのを見て上層部が配慮してくれただけよ」

「何故そこまでして私を追う」

「どうでもいいでしょう、そんなことは」

「おそらく、個人的な恨み。そういえば昔、お前に似た男がいたな」

ヴィルヘルム伯はじっとレティシアを見て続ける。

「執拗に不正を暴こうとする偏執的な王宮魔術師だった。彼はその裏で自分も犯罪に手を染めていたわけだが」

「貴方が高等法院の司法官を買収して無実の罪を着せただけでしょう」

「実に執念深い男だった。終身刑にしたはずだが、極めて態度の良い模範囚だったそうでね。事情を知らなかった刑務官が外に出してしまったんだよ。結果、悲劇がまた繰り返された。彼は以前より多くの罪を犯し、その報いを受けて変死した」

「黙りなさい」

「愚かな男だったよ。本当に救いようがなかった」

ヴィルヘルム伯は言う。

「ところで、先ほど君たちの仲間が強制捜査に失敗したのは知っているかね？」

「そうみたいね。それが何」

「私は彼らを敷地内にある建物に監禁している。そこは私が商会で扱っているベルトール火薬を保管している建物でね。保管している火薬は二千キログラム。発火してしまえば建物は跡形もなく消し飛び、二十一人の優秀な王宮魔術師の命が失われるだろう。そして、その火薬を発火させる起爆装置を私は持っている」

ヴィルヘルム伯は後ろ手に握った起爆装置を見せて言った。

「動くな。怪しい動きをすれば火薬を爆発させる」

息を呑むレティシア。

二人の私兵が部屋を訪ねてきたのはそのときだった。

「申し訳ありません。お伝えしたいことが」

「入れ！」

私兵はレティシアを見て一瞬目を見開いてから、剣を抜く。

「抵抗するなよ。お前の行動で二十一人の同僚が死ぬ」

歯噛みするレティシア。

起動しかけた青い魔法式は、何も世界に影響することなく風の前の塵のように消えた。

「形勢逆転だな」

私兵がレティシアを拘束する。

縛られていた両手を軽くふりながら、ヴィルヘルム伯は言った。

「お前はあの男と本当によく似ているよ。あいつもそうだった。あとほんの一押しで私を致命的なところまで追い詰められるだけの優位を築いていた。だが、できなかった。私に何かあれば、君が教えている子供たちが死ぬと伝えたら真っ青になってね。本当に愚かな男だったよ」

地面に引き倒されたレティシアを見下ろして続けた。

「切り捨てられないのが君たちの弱さだ。そのやり方では、私には勝てない」

◇　◇　

隠し扉が開く。
赤い絨毯の敷かれた廊下。

私たちを取り囲む屈強な兵士たち。

数は十四人。

その一番後ろで、本物の横暴息子が嗜虐的な笑みを浮かべていた。

「この俺を気絶させ成り代わるとは。簡単には殺さない。プライドを折り、徹底的に痛めつけて屈服させてやる」

あまりに先ほどのルークの演技そのままで、思わず感心してしまった。

「最優秀主演男優賞あげるよ」

「じゃあ、君は最優秀主演女優賞だね」

「やっぱり？　隠しきれない才能出ちゃったな」

これは、スカウトされて舞台デビューする準備をしておかないといけないかもしれない。

しかし、そんな小声での軽口も横暴息子には聞こえていない様子。

「ふるえて詫びて命乞いをしろ。自分たちだけで済むと思うなよ、お前の家族も両親も関係するすべての人間を社会的に抹殺して生きていけなくしてやる」

「僕の家にできるなら是非やってほしいね」

感情のない声で言うルーク。

「それより、確認しておきたいことがあるんだけど」

「なんだ？　怖くなったのか？」

「どうして魔法を封じる遺物を使わずにいるのか不思議でさ。使った方がいいんじゃない？」

「使わずに屈服させた方が絶望が大きいだろう。お前たちは徹底的に痛めつけて屈従させてやらないといけないからな。希望を持たせてやらないといけないのさ」

「……ったく。折角罠を用意してたのに」

こめかみをおさえるルーク。

「そんなに恐ろしいか？　下等で下賤な盗人どもめ。力の差を思い知らせてやるよ」

嗜虐的な笑みを浮かべる横暴息子。

ルークは深く息を吐いてから言った。

「弱すぎて相手にならないから頭を抱えてるんだよ」

炸裂する電撃。

瞬きの間に、兵士たちは意識を刈り取られている。

気絶していることに気づかず立ち尽くす十四人の兵士たち。

その身体が次々と崩れ落ちていく。

(なんて術式起動速度……こいつ、腕を上げてる)

思わず息を呑んだ。

酷使していた身体の療養による回復。

抱えていた負傷の完治。

そして、国別対抗戦でエヴァンジェリンさんと戦った経験がルークの力を引き上げている。

(……これだから天才様は)

あきれと共に、湧き上がってくるのは喜びの感情。

(ルークが帰ってきた)

今まで通りのムカつくくらいできるあいつだ。本物だ。

「ひっ、ば、化け物ォ……っ!」

腰を抜かす横暴息子。

「遺物を起動しろ!」

周囲に控えていた兵士たちが遺物を起動する。

魔法が使えなくなって、しかしルークは落ち着いていた。

「さて、ここからが本番か」

「魔法なしで突破する方法を考えないとだね」

言いながら、私は妙案を思いついて口角を上げる。

「ねえ、良い方法を思いついたんだけど」

「良い方法?」

「うん。兵士さんたちを封じ込める最強の盾」

私の視線の先を確認して、ルークは納得した様子で「ああ、なるほど」とうなずく。

そこにいたのは腰を抜かした横暴息子だった。

悪い顔をする私たちを呆然と見上げて言った。

「へ？」


「おらおら！　こいつがどうなってもいいのか！　道を空けろ！」

数分後、私たちは横暴息子を人質にして屋敷の外へ向かって進んでいた。

たじろぐ兵士さんたち。

この展開はまったく予想していなかったのだろう。

一定空間内で魔法を使えなくする特級遺物はあっても、人質を取られている以上、攻撃をすることはできない。

「ひ、卑怯な……」

「ふははは！　勝てばいいんだよ、勝てば！」

高笑いする私。

完全に悪役の行動だったが、楽しいので気にしないことにする。

「お、おい！　絶対に攻撃するなよ！」

上ずった声で言う横暴息子。

「俺の命が最優先だ！　指示に従え！　道を空けろ！　空けるんだ！」

こちらの要望を全部受け入れてくれるので、ありがたいことこの上ない。

「いいよ、さすが最強の盾。ナイス説得っ」

小声で言うと、横暴息子は一瞬はっとしてから言った。

「ま、まあ俺も生き残らないといけねえし。必死でやるしかないって言うか」

「命を大切にしててすごいなって思う。なかなかできることじゃないよ」

「そ、そうか?」

少し戸惑った様子で言う。

最強の盾はそれからも大活躍だった。

横暴息子の上ずった声に、兵士たちは為す術なく後退していく。

その光景は、彼にそれまで経験したことのない何かを与えているように見えた。

「言葉が勝手に出て来る……信じられない。こんなにうまくできるなんて」

横暴息子は瞳を揺らしてから顔を俯けた。

「……俺、今まで何をやってもダメでさ。みんなにバカにされてるみたいな気がしてつらくて」

「そうだったんだ」

「他のやつを屈服させてるときだけは安心できたんだ。俺はこいつより価値があるって思えるから」

「それが理由であんな風な態度を」

「でも、遂に少しだけ向いていることを見つけたかもしれない」

頬を赤く染めて言った。

「俺、がんばるよ。三人で生きて帰ろうぜ」

「うん！」

感動のシーンだった。

思わず泣きそうになってしまったくらいだった。

つらい日々の先で、彼は生きる道を見つけたんだ。

いいなぁ、と瞳を潤ませる私の隣でルークが小声で言った。

「人質ができることってなんだよ……」

「ルーク、そういうの良くないよ。生きる道を見つけるってすごいことなんだから」

「僕が間違ってるのか……？」

ルークは困惑していたけれど、間違ってるのは事実なので深くうなずいておいた。

「や、やめろ！　撃つな！　ボクの命が最優先だ！」

「いいよ、ナイス演技。ふるえ声が最高っ」

怯えた演技で言う横暴息子を、小声で褒める。

「任せてくれ。次はもっといい演技をするから」

どんどんやる気になって演技に熱が入る横暴息子。

屋敷の出口がすぐ傍まで見えてきたそのときだった。

「そこまでだ」

立ち塞がったのはヴィルヘルム伯だった。

右手に小型の銃を持ち、その照準を手枷で拘束された女性に向けている。

藤色の髪。

すらりと長い手足。

いつも憧れていたその姿。

「そん、な……」

かっこいい大好きな先輩。

レティシアさんが人質としてそこにいた。


「こいつだけじゃない。先ほど強制捜査と称してここに侵入した二十一人の王宮魔術師を私は拘束している」

ヴィルヘルム伯は小さな直方体状の起爆装置を私たちに見せて言った。

「そこは偶然にも、ベルトール火薬二千キログラムが保管されている建物でね。私がこの起爆装置のスイッチを押せば二十一人の命が失われる。行動には細心の注意を払うことだ」

「そんなことをしたら、聖宝級(メイガス)魔術師が黙ってはいませんよ。貴方は地位も名誉もすべて失うことになる」

「忌々しいヴァルトシュタイン家の跡取りか……」

ルークの言葉に、ヴィルヘルム伯は唇をゆがめて言った。

「残念だが、真実は報道によって作られるものだ。私は王都の新聞社にも多額の援助を行っていてね。もちろん、彼らも嘘を書いてはくれない。だが、真実らしく見えるものを提供すれば話は別だ」

感情のない目で淡々と続けた。

「王宮魔術師たちは違法捜査の証拠をもみ消そうとした際に誤って、私が商会で扱うために保管していたベルトール火薬二千キログラムを引火させてしまった。実に愚かしく嘆かわしい事件だ」

「さすがですね。王国北部を牛耳る影のフィクサーは言うことが違う。豚のように肥え太り、随分と驕っていらっしゃるようだ」

「黙れヴァルトシュタインの跡取り。死期が早くなるぞ」

緊迫した空気。

「や、やめろよ親父。冷静に話し合おう。二十一人はさすがにやばいって」

ふるえる声で言ったのは横暴息子だった。

「何かもっと穏やかにこの場を納める方法があるはずだ。そういうの得意だろ、親父は」

「…………」

ヴィルヘルム伯はじっと息子の姿を見ていた。

漆黒の瞳に、かすかに光が揺れる。

（そうだ。ヴィルヘルム伯は息子を溺愛しているという話だから）

突破口があるとすれば、この息子。

気を引き締めつつ、私は言葉を選ぶ。

「彼の言う通りです。私たちの利害はたしかに対立しているかもしれない。しかし、ここからの行動には細心の注意を払うべきです。思慮深く冷静な判断を。多くの人の命がかかってる。大切な人を失うかもしれない。貴方も、私も」

ヴィルヘルム伯は少しの間、押し黙って私を見ていた。

「大切な人、か」

視線が息子に移る。

「私はお前を深く愛していた。臆病で不出来なところはあったが、そういうところも愛しいと思えた。家族だと思っているのはお前だけだし、大切に思っている唯一の存在だった」

「親父……」

瞳を潤ませる横暴息子。

「だが、もういらない」

響いたのは銃声だった。

銃口が私を見ていた。

揺れる煙。

何が起きたのかわからない。

「え…………」

横暴息子も同じだったのだろう。

次の瞬間、脇腹を焼け付くような痛みが襲った。

立っていられない。

崩れ落ちる。

撃たれたんだと気づく。

脇腹から赤いものが広がる。服を染める。

「ノエル……!」

蒼白な顔で言うルーク。

倒れ込む横暴息子。

すべてがスローモーションに見えた。

視界の端でレティシアさんが自身を拘束していた兵士を振り払って、奥にいる兵士に向け走っていくのが見える。

狙いは特級遺物だと瞬間的にわかった。

魔法が使えればこの状況を打開できる。
渾身の体当たり。
大きな音と共に地面に落ちる迷宮遺物。
全体重をかけて踏みつけたそのときだった。
響く銃声。
崩れ落ちるレティシアさん。
太ももから流れる赤いもの。
（レティシアさん……ッ！）
目を見開く。
同時に自分の中に魔力が戻ってきたのを感じていた。
いつもに比べるとずっと弱いけど。
でも、これなら魔法を使うことができる。
「ノエル……！　ノエル、しっかりして……！」
私に回復魔法をかけるルーク。
らしくない慌てふためいた姿。
血が止まるまでに少し時間がかかった。
魔法を阻害する装置がまだ機能しているのだろう。

「よかった……」

ルークは血が止まったのを確認してほっと息を吐く。

救われたような表情だった。

救われたのは私の方のはずなのに。

「大丈夫。もう大丈夫だから」

少し気恥ずかしい気持ちで言ってから、横暴息子に回復魔法をかける。

落ち着け、と自分に言い聞かせていた。

レティシアさんを助けるために判断を間違えてはいけない。

焦らずに正確に最短でやるべきことをやる。

「《魔光阻害盤(アリアンロード)》の状態はどうだ」

「損傷しましたが機能しています。魔法式の起動を無効化することはできなくなりましたが、魔術師は十分の一程度の力しか発揮できない状況かと」

「十分の一か。それはいい」

満足げに笑うヴィルヘルム伯。

「無力な魔術師どもが蹂躙される様を見物することにしよう」

「お前は許されないことをした」

ルークは別人みたいに怖い顔をしていて。

力を制限されているはずなのに、魔力圧で頬がじりじりと痛むくらいで。

「落ち着いて。怒りに身を任せず冷静に」

私はルークの肩に手を添える。

「ノエルは休んでて」

「相棒(バディ)でしょ。ルークが私のことを大切に思ってくれてるように私もルークのことを大切に思ってる。家族くらい大事な一番の親友だから。私も戦う。二人で勝とう」

「……うん」

ルークの横顔は一瞬、ほんの少し寂しそうに見えて。

だけど見間違いだったと思う。

私がまばたきをしたその後には、いつもの憎いくらい自信に満ちた不敵な顔になっていたから。

「思い切り飛ばすよ。ついてこれる？」

「当然。そっちこそ置いていかれないように注意してよね」

笑みをかわす。

（悪徳貴族をぶっ飛ばして、レティシアさんと先輩たちを助けだす）

瞬間、金糸雀色と翡翠の魔法式が眩しく部屋を染め上げた。

◆　◆　◆

ヴィルヘルム伯の保有する私設兵団に所属するカストロ・ガルシアは南方諸国における紛争で活躍した元傭兵だった。

望んでこの道を選んだわけではない。

生きていくために戦うしかなかっただけだ。

両親は物心ついた頃には死んでいたし、二歳年下の妹は足に障害を抱えていた。

彼は妹を食べさせるために盗みを働き、もっと大きな額の収入を得るために少年兵になった。

幸い、カストロには才能があった。

友人と大人たちは次々に死んでいったが、彼は別だった。

どんな難局からも生還する天性の勘と強靭な精神力。

彼は依頼主から報酬を得るとそのほとんどを妹のために使った。

周囲の人間にはからかわれたが、彼はまるで気にすることなく妹へのお土産を選んでいた。

そういう生き方が彼は好きだったのだ。

唯一の家族である彼女のために。

血のつながりを彼は大切に思っていた。妹と血がつながっていないことがわかると、血のつながりを大切に思わなくなった。

「血のつながりなんて関係ない。あいつは俺の家族だ」

彼は変わらず妹として彼女を愛した。

結局の所、彼にとって必要なのは愛情を受け取ってくれる誰かだった。

自分を必要としてくれる存在。

自分がいないと生きていけない存在。

「あいつの喜んでる顔を見ているときだけ、俺はこの世界にいていいんじゃないか。そんなに悪い人間じゃないんじゃないかってそんな風に思えるんだ」

彼は妹が思っている以上に彼女のことを必要としていたのだ。

尽くすことによって救われていた。

そんな彼がヴィルヘルム伯の下で働くことを選んだのは、ひとえに報酬と待遇が良かったからだった。

いつまでも危険な紛争地域で戦い続けるのは明らかに無理があったし、学がなく文字も書けない彼を雇ってくれるところは限られていた。

雇い主がろくでもない人間であることはすぐにわかったが、ろくでもない人間なのは自分も同じだった。

(俺が地獄に落ちるのは既に決まっている。あいつを幸せにするためなら、俺はどんなことでもやる)

幾多の戦いを経験してきた彼にとって、目の前の王宮魔術師は決して難しい相手ではなかった。

腕が良いことはわかっている。

《アーデンフェルドの閃光》と呼ばれるルーク・ヴァルトシュタインの天才ぶりは王国では有名な話だし、隣にいるノエル・スプリングフィールドも国別対抗戦であの《精霊女王》と互角に渡り合って話題になった新星。

対等な条件なら勝機はごく僅か。

しかし、現状においてあまりにも苦しい状況に彼らはいた。

《魔光阻害盤（アリアンロード）》により、魔法の効力は十分の一に制限されている。

連戦の疲労に加え、ノエル・スプリングフィールドに至っては手負いの状態。

その上、二人を取り囲むのは私設兵団の中でも腕利きの精鋭五十八人。

（結果は見えている。だが、容赦はしない）

有利な状況でも、一瞬の油断が予想もしない事態につながることを彼は知っていた。

（狙うのは、手負いのノエル・スプリングフィールド）

一斉に襲いかかる兵士たち。

ルーク・ヴァルトシュタインに集中砲火して動きを止めつつ、手負いのノエルを確実に潰す。

対して、ノエルの動きは鈍く非力だった。

消耗が激しい上、魔法の効力が制限された状態での戦いに戸惑いがあるのだろう。

後手後手に回る対応。

放たれる弾丸の雨。

《固有時間加速(スペルブースト)》を起動しても紙一重でかわすのが精一杯。

踏み込む兵士たち。

背後からの斬撃が彼女に直撃するその刹那だった。

《明滅する閃光と咆雷(ブラストライジング)》

視界を白く染める閃光。

十分の一とはとても思えない異常な威力。

しかし、咄嗟に高出力の魔法式を起動したせいで、ルーク自身の背後への対応がおろそかになっている。

無防備な背中に迫る弾丸の雨。

《烈風砲(ウインドブラスト)》

轟音が響いたのはそのときだった。

弾丸の雨と共に、後方にいた兵士二人をピンボールのように弾き飛ばす風の大砲。

「ナイスノエル」

「お互い様でしょ」

かわす目配せ。

一見互いのミスを補い合っただけに見えるその連係にカストロは息を呑む。

（仲間が魔法を放つことを信じて、自らの隙を敵を誘う罠に使う。恐ろしい胆力と空間把握能力）

一歩間違えれば致命的な傷を負っていたはず。

にもかかわらず、相手の力を信頼して背中を預ける。

研ぎ澄まされた連係。

ノエルの空間把握能力は、地獄の職場環境で周囲の仲間をサポートする中で、常軌を逸した域にまで磨き上げられていた。

そしてルークはそんな相棒（バディ）のことを知り尽くしている。

使う魔法式の起動速度からほんの些細な癖まで。

彼女のことを目で追っていた時間が作る異常なまでの理解度。

（だが、どれほど互いの力を引き出す連係ができたとしても、優位は決定的だ。打開するのは不可能）

数の利を活かしつつ、確実に二人を追い詰めていく兵士たち。

力の差は明白。

とどめを刺そうと踏み込んだそのとき、カストロを襲ったのは強烈な悪寒だった。

（動きの鋭さが増して――）

頬をかすめる風と電撃の大砲。

轟音。

屋敷に空く大穴。

一瞬で五人の仲間が戦闘不能になった現実を、理解するまでに時間がかかった。

（バカな、魔力を十分の一に制限されている状態なんだぞ……）

ありえないはずのことが現実に起きている。

絶望的なはずの劣勢をものともしない。

追い詰めれば追い詰めるほど想定を超えて力を増す二人の怪物。

（なんだ……なんなんだ、こいつら……）

◆　◆　◆

幾重にも展開する魔法式。

二人の魔法使いは、周囲の想像をはるかに超える戦いぶりを見せたが、そんな奇跡のような時間も永遠には続かなかった。

魔法の効力を制限された極限状態における消耗。

さらに、ノエル・スプリングフィールドに至っては戦いが始まった時点で深い傷を負っている。

次第に近づく限界。

なんとか攻撃を防ぎ、時間を稼ぐのが精一杯。

「ごめん、ルーク」

ノエルの動きが鈍くなる。

処理しきれなかった弾丸の雨が彼女に迫る。

「いいよ。僕がなんとかする」

炸裂する閃光。

激しい光が周囲を染め上げる。

それからのルーク・ヴァルトシュタインの動きは対峙する者たちを恐怖させるものだった。

初めて経験した長期療養。

大切なものを手にするために、三年以上まともに休息を取っていなかった彼にとって万全でない状態が日常だった。

しかし、今の彼は違う。

上官によって無理矢理取らされた休息によって、彼のコンディションはかつて経験したことがないほどに良い状態にある。

(こいつ、底が知れん……)

息を呑むヴィルヘルム伯。

しかし、そんな奮戦にもやがて限界が来る。

次第に落ちていく魔法の出力。

なんとか耐え凌いで、時間を稼ぐのが精一杯。

「あきらめろヴァルトシュタイン家の跡取り。これ以上続けても無駄なのはお前が一番わかっているだろう」

低い声で言うヴィルヘルム伯。

「生憎ですがあきらめが悪いんですよ。僕も彼女も」

傍らで膝を突くノエルの目もまだ死んではいない。

周囲を見回しながら、的確にルークの隙をカバーする魔法を放っている。

唇を引き結ぶヴィルヘルム伯。

「ただ、別の形なら譲歩することもできるかもしれません」

対して、ルークが口にしたのはこの場にいる誰もがまったく予想していなかった提案だった。

「先輩たちと僕らの命を保障してくれるなら、貴方の悪事については全面的に見逃してなかったことにしてもいい。僕はそう考えています」

小さく目を見開くヴィルヘルム伯。

張り詰めた空気と沈黙。

「は？」

言ったのは、彼の傍らで膝を突くノエルだった。

「いや、ダメでしょ！　めっっっっっっっっっちゃ悪いやつだよあいつ！　絶対ぶっ飛ばさなきや！」

「わかって。現実的に僕らは厳しい状況にある。この場を納めるにはこれが最善だ」

「…………」

ノエルはルークを見上げる。

しばしの間唇を引き結んでから、目を伏せて言った。

「…………そうだね」

零れる深い息。

怪訝な顔でヴィルヘルム伯は言った。

「信用できない。何故突然そんなことを言う」

「このまま戦いを続けても状況を打開するのは難しいと判断したんです。ここにいる兵士たちを倒しても、貴方には人質がいる。先輩たちを犠牲にしてまで貴方を追い落としたいと僕は思わないんですよ。上に立ち人々を統治する立場の人間には、綺麗なままではいられない事情があるということも理解できますしね」

ルークは言う。

「ヴァルトシュタイン家次期当主として貴方の活動を援助することを検討してもいいと考えています」

「ヴァルトシュタインは王政派。お前の父は我々地方の貴族を嫌っていたはずだが」

「だからこそですよ。僕も父とは仲が悪いんです。情報通の貴方ならご存じだと思いますが」

爽やかに目を細めて続けた。

「僕らは良いパートナーになれると思いますよ。目的のために手段を選ばないやり方も似ていますし」

「同じ穴のムジナだというわけか」

「その通りです」

ルークは言う。

「王政派の筆頭である御三家のひとつ――ヴァルトシュタイン家と関係を持つのは貴方にもメリットがある。貴方の力を借りれば僕も予定より早く当主になれそうですし」

「なるほど。利害は一致しているというわけか」

ヴィルヘルム伯はしばしの間、押し黙った。

顎先に手をやり、思案げに視線を落とす。

「言いたいことはわかった。だが、忘れてはいないか。今この場で私は絶対的に優位な状況にある」

「だからこそここまで譲歩した提案をしているわけですが」

「これで足りていると？」

ヴィルヘルム伯は嗜虐的な笑みを浮かべて言う。

「足りないな。私を納得させるに足る条件を提示しろ、ヴァルトシュタインの跡取り。ここで君たちの人生を終わらせたくなければ」

見下ろすヴィルヘルム伯。

「貴方ならそう言うと思ってましたよ」

ルークは深く息を吐いた。

「利益を提示されれば検討せずにはいられない。金勘定が大好きな肥え太った豚は、目に見える利益に囚われていつも大切なものを見落としてしまう」

首を振り、肩をすくめて続ける。

「援助なんてするわけないじゃないですか。僕の狙いは時間を稼ぐこと。この状況を変えてくれる援軍が到着するのを待っていた。それだけです」

「援軍は来ないぞ。外部と連絡が取れないようこの屋敷には通信阻害の結界を張ってある」

「来ますよ」

ルークは、静かに口角を上げて言った。

「うちの隊長は身内に甘いんです」

ヴィルヘルム伯は気づいた。

ひりつくような強大な何かの気配。

それはゆっくりとした足取りで近づいてくる。

何故気づくことができなかったのか。

しかし、振り向いたときにはもう彼は既にそこに立っている。

鍛え上げられた鋼のような身体。

鮮やかに燃える赤髪。

王国最強火力を誇る《業炎の魔術師》——

ガウェイン・スタークがそこにいた。


「動くな。一歩でも動けば二十一人の同僚が粉微塵になるぞ」

起爆装置を手に、鋭い目で見つめるヴィルヘルム伯。

張り詰めた空気の中を、ガウェインは無言で歩いていた。

脅しに対しても聞こえていないかのように歩みを止めない。

色のない瞳。

一切の感情が抜け落ちたかのような表情。

「いいのか。本当に起爆させるぞ」

「…………」

ガウェインは答えない。

ただ淡々と歩き続ける。

想定外の状況。

動揺と混乱。

ヴィルヘルム伯は決断を迫られる。

人質として閉じ込めてある王宮魔術師たちは、この状況においてヴィルヘルム伯が持つ最も強いカードだ。

火薬を起爆させると脅すことで相手の行動を制限する。

身内に甘いと言われるガウェイン・スタークに対しては、他の相手よりもさらに効果的なはず。

しかし、現実としてガウェインは止まらない。

(脅しとして使いたいこちらの意図を読み、実際には起爆させないと考えているのか)

迷いと葛藤。

ここでこのカードを切るのは、明らかに最善の選択ではなくて。

だが、脅しが意味をなさないとなるとヴィルヘルム伯は選択せざるを得ない。

(わかったよ。そこまで仲間を失いたいなら、失わせてやる)

起爆装置のスイッチを押す。

しかし、その瞬間そこにあるのはドロドロに融解し液状と化した何かだった。

「ッ!」

強烈な痛みに頭が真っ白になる。

高温の物体に触れたことによる脊髄反射。

溶け出した起爆装置が床に落ちる。

焼け爛れた手のひら。

起爆装置はコポコポと気泡を作りながら蒸発していく。

(今、何が……)

まるで想定していない状況。

右手をおさえながらヴィルヘルム伯は鋭く言った。

「撃て！　こいつを撃ち殺せ！」

放たれる弾丸。

対して、ガウェインは何もせず歩き続けるだけだった。

弾丸の雨がガウェインへと疾駆する。

しかし、それは恒星に触れたかのように煙を立て、溶け出し、液状になって蒸発し霧散する。

残ったのは金属が焼ける匂いだけだった。

(ありえない……魔力を十分の一に制限されているんだぞ……)

自身が誇る私設兵団の精鋭。

最新鋭の魔法武器を使って、それでもかすり傷ひとつつけられない。

(でたらめすぎる……なんだ、なんなんだこいつは……)

絵画と調度品。赤い絨毯。水晶のシャンデリア。

その一切が泡立ち、煙をたなびかせて蒸発していく。

ヴィルヘルム伯は知らなかった。

《業炎の魔術師》と対峙する際、絶対に犯してはならない禁忌。

ガウェイン・スタークを相手に人質を取ってはならない。

もし禁忌を犯してしまえば――


血管が切れたガウェインは、誰にも止められない怪物と化す。


（何か……何か手は……）

懸命に周囲を見回すヴィルヘルム伯。

大腿部を撃たれ、拘束されているレティシアの頬に銃口を押し当てた。

「この距離なら、銃を溶かすこともできまい。女の顔に消えない傷を残すことになるぞ」

ガウェインの瞳がかすかに見開かれる。

身に纏う魔力がさらにその力を増す。

皮膚が焼け付く強大な魔力圧。

もはや正確に認識することさえ叶わない。

その力は、常人が測れる域をはるかに超えている。

しかし次の瞬間、目の前に広がったのは誰も予想していない光景だった。

目にも留まらぬ速さで起動する氷魔法。

両腕を拘束していた兵士は、一瞬で意識を刈り取られゆっくりと倒れていく。

鼓膜を裂く銃声。

放たれる弾丸の先にレティシアはいない。

レティシアは一瞬で体勢を入れ替え、ヴィルヘルム伯の身体を引き倒す。

マイナス150度の低温で強度を失った手錠だったものの残骸が、手首でブレスレットのように揺れている。

ヴィルヘルム伯の身体を赤い絨毯に叩きつけ、氷の刃をその後頭部に向けて振り下ろした。

人間の身体をゼリーのように裂く氷の刃。

しかし、振り抜かれたそれは割り込んだ誰かによって、ヴィルヘルム伯の耳をかすめただけだった。

「こいつには殺す価値もない」

静かに言うガウェイン。

手首を摑む大きな右手。

レティシアは歯を食いしばる。

氷の刃を握る左手がふるえる。
ずっと追いかけ続けた《先生》の敵。
殺してやりたい。
怒りと衝動。
しかし、手首を摑む大きな手はびくともしない。
何より、レティシア自身がそんな自分の弱さを許せなかった。
「…………そうですね」
静かに言って目を伏せる。
ずっと地獄に落としてやりたかった憎き相手。
復讐が無益なのはわかっていた。
そんなことは最初から知っていて。
それでも、他に何もできないから追いかけ続けた。
多分、《先生》が知ったら怒るだろう。
何をしてるんだ。
そんなことに人生を使ってどうする、と。
(だけど、私にとっては大切なことだったんです)
許されたいとは思わない。

理解されたいとも思わない。

これは私の人生で、私が選んだ道だから。

それでも、いつか私が人生を終えるときが来て、どこか違う世界で《先生》に会うことができたなら――

昔みたいにやさしく叱ってほしいなって。

そんな子供じみたことを思った。

# エピローグ　彼と彼女の関係

それから、助けに来てくれたガウェインさんに、第三王子殿下を苦しめている回復阻害魔法の構造式を託したあたりで私の記憶は途切れている。

回復魔法で応急処置はしていたものの、少なくない血を失った状態で戦っていたことで、貧血状態になって気を失ってしまったらしい。

目覚めた私は、四番隊が運営する魔法診療所のベッドの上だった。

清潔な白いカーテンの隙間から射し込む透き通った日差し。

壁掛け時計は六時を指していた。

朝と夕方のどちらだろう、と首を傾ける。

この透明感ある光の感じは多分、朝かな？

「目覚めたみたいですね」

にっこりと目を細めて言ったのは、長い艶やかな髪を揺らす女性――にしか見えない外見の男性。

四番隊隊長を務めるビセンテ・セラさんだった。

「かなり無茶をされたみたいですね。普通なら二週間は入院が必要な傷でしたよ。とはいえ、私の技術なら五日で退院させてあげられますが」

ビセンテさんはいたずらっぽく笑って言う。

「ガウェイン隊長には全治二週間と伝えておいたので、残りは臨時休暇だと思ってゆっくり休んでください」

「ありがとうございます」

「お礼を言いたいのは私の方です。貴方のおかげで第三王子殿下を救うことができた。正直に言って想像をはるかに超える活躍でした」

「よかった。お助けすることができたんですね」

ほっと胸をなで下ろす。

「ええ。先ほどまで付きっきりで治療していたので少々眠たいですが」

目をこすりながら言うビセンテさん。

「王妃殿下もすごく喜ばれてましたよ。是非直接会ってお礼を言いたいっておっしゃられてました」

「い、いや、それはうれしいんですけど粗相してしまいそうでお腹が痛くなりそうなんですが」

「そんなに怯えなくて大丈夫ですよ。こちらノエルさんに渡してほしいとのことでお預かりしたお手紙です」

走り書きながら美しい字が並んだ便箋。

時間がない中、どうしても書きたくて書いてくださったとのこと。

そこに並んでいたのは幼い息子を大切に思う母親の言葉だった。

苦しみを代わってあげられるなら、迷いなく代わってあげたいと思える自分以上に大切な存在。

まだまだ子供な私には、その感覚はきっとちゃんとはわからなくて。

それでも、絶対に失いたくない大切なものを失いそうになったときの気持ちはわかるから、助けることができて本当によかったと思う。

末尾には、子供らしい字で『ありがとう』と書かれていて思わず頬がゆるんでしまった。

「よかったですね」

ビセンテさんは微笑む。

春の日だまりみたいなあたたかい気持ちになる笑みだった。

「あと、取締局のシェイマスくんも褒めていましたよ。貴方のおかげで、ヴィルヘルム伯の悪事を暴くことができたって」

「いやいや、そんな」

「でも、三番隊の連中はやっぱり嫌いだって言ってましたけどね。また、やつらに手柄を持って行かれたって」

「あー、それはちょっと申し訳ないです」

「いいんですよ。彼の憎まれ口はそれだけ認めてるってことですから」

それから、ビセンテさんはじっと私を見つめて言った。

「しかし、優秀とは聞いていましたが、これは想像以上の逸材ですね」

「え？」

「うちに来ません？　副隊長は無理ですけど、第三席くらいまでならあげられますよ」

「だ、第三席ですか？」

予想外の言葉にびっくりする。

じょ、冗談だよね、と思う私だけど、ビセンテさんは真面目な顔で続けた。

「第三席になるとお手当がつきます。お給料上がりますよ」

「お、お給料あっぷ……」

「アットホームな職場環境です。魔法医師関係の資格も取れます。資格があると強いですよ。何があっても食いっぱぐれません」

「資格……！　食いっぱぐれない……！」

「何より、ノエルさんは魔法が大好きと聞いています。四番隊に伝わる回復魔法の神髄、興味ありませんか？」

「回復魔法の神髄!?」

「少しだけお話ししますと、この魔法式のここをこうするとこうなって」

「わわっ！」

「この線をこちらにするとこういう不思議な反応が」

「おおっ！」

「実は重要なのはここの第二補助式で――と、入隊していないのでここまでしか教えられません。ここからは四番隊の人限定です」

「う、うう……」

魅力的な提案。

回復魔法の分野は勉強が足りてないし、魔法使いとして生きていく上でプラスになるのは間違いない。

(知りたい……めちゃくちゃ知りたい……！)

あふれ出そうになる欲望。

垂れそうになるよだれ。

状況が違えば理性を失い、即決で飛びついていたかもしれない。

それでも、私にとってはどうしても譲れないことがあって。

残念だけど――本当に残念だけど。

答えは最初から決まっていた。

「ごめんなさい。私はまだルークに拾われた恩を返せてないって思いがあるので」

「律儀ですね。なるほど、引き抜きたいならルークさんごとやれ、と」

「え？」

「作戦を考えておきますね。ひとまず今後ともよろしくお願いします」

手を振って、部屋を出て行くビセンテさん。

（なんだかとんでもない話を聞いてしまった気がする……）

衝撃のあまり、しばらくの間フリーズしていた私だけど、次第にこみ上げてくるのは褒めてもらえた喜び。

（引き抜きたいって言ってもらえた……！）

大好きな魔法を使える仕事で評価してもらえ、必要としてもらえた。

私にとって、こんなにうれしいことは他にない。

しかも、今回は知識に足りない部分もある回復魔法の分野。

少しずつできることが増えてる。

成長してる。

その手応えが何より元気をくれる。

花の匂いがするタオルケットをぎゅっと胸に抱える。

「何かいいことでもあった？」

顔を上げるとそこにいたのはルークだった。

入院患者が着る水色の病衣。

「大丈夫なの？　寝てなくて」

「うん。もうほとんど完治してるようなものだから。誰かさんに見張り付きで監禁されてたおかげというのはちょっと悔しいけど」

「……見張り？　監禁？」

「気にしないで。こっちの話」

深い闇を感じる言葉だった。

封印都市の療養所でいったい何があったんだ……。

「ノエルは大丈夫？」

「もちろん。私、頑丈だからね。小さい頃からおやつ代わりにその辺の草とか食べてたし」

「相変わらずやばいよね、君の幼少期エピソード」

「ちょっと派手な色のキノコがおいしいんだよ。舌がピリピリして」

「二度と食べないで。お願いだから」

それから、私はルークがいない間にあった出来事を話した。

話したいことはたくさんあって、ルークは目を細めたりあきれ顔をしながらやさしく聞いてくれて。

私はそんなルークが好きだなぁ、と思った。

この気持ちが恋なのかどうかはわからない。

友達としては大好きだけど、そこにそういう気持ちが混じってるのか私にはまだわからなくて。

そもそも、ルークが私のことを恋愛的な意味で好きなのかも謎のままで。

だけど、今はそれでいいんじゃないかって思ったんだ。

友情とか恋愛とか、無理してそんな風に名前をつけなくても。

世界中すべての友達や恋人が、その人たちにしかないたったひとつだけの特別な関係であるように。

私とルークの関係っていうただそれだけでいいんじゃないかって。

要領の良いあいつのことだから、そのときが来たらきっと教えてくれる。

他の誰とも違う、あいつの中にしかない気持ち。

それがどういうものなのかはわからないけれど、私たちならきっと大丈夫だって。

根拠はないけれど、そんな風に思ったんだ。


「よっ。今日退院でしょ。手伝ってあげに来たよ」

退院の日、手伝いに来てくれたのはミーシャ先輩だった。

「聞いてよ、ノエル。この前街で一目惚れしましたって連絡先を渡されちゃってさ」

「え、すごいじゃないですか、先輩」

「うん。『やっぱ良い女だわ、私』って思いつつ、まあ前向きに検討してやるかって思ってたんだけど、二回目のデートで『君は神を信じてる？』って怪しい宗教の本を売りつけてきてさ。金貨三千枚だって」

「ええ……」

「ムカついたから、ぶっ飛ばしてやったわ。やっぱり猫が良い。間違いない」

「かっこいいです、先輩」

荷物をまとめつつ、楽しくお話しする。

「そういえば、ノエル言ってたじゃん。友達としての好きなのか恋愛的な好きも入ってるのか、自分の気持ちがわからない相手がいるって」

「言ってましたね」

「答えは出た？」

「出ましたよ」

うなずいた私に、先輩は前のめりになって言った。

「え、ほんと？　どっち？　どっちだったの？」

「どっちでもない感じでした」

自分の答えを伝えると、先輩は納得いかない様子で言った。

「煮え切らないなぁ。年頃の女なんだし、したいこととかないの？　デートに行きたいとか、ロマンチックなキスとか」

「したいことはもちろんありますよ」

「何？　何がしたいの？」

「魔法がもっとうまくできるようになりたいです。今の私よりもっともっと」

「…………」

先輩はしばしの間硬直してから、頭を抱える。

「だ、ダメですかね？」

不安になって言った私に、

「いや、大変だなって誰かさんに同情しただけ」

先輩は笑って言った。

「あんたらしいわ。私は好きだよ」

◇　◇　◇

王宮魔術師団本部。

一番隊隊長であり、中央統轄局局長《明滅の魔法使い》アーネスト・メーテルリンクの執務室。

王国一の結界魔法使いが作った十八の魔法結界が張られた異様な空間を訪ねていたのは、銀髪碧眼の魔法使いだった。

　ルーク・ヴァルトシュタイン。

　三番隊第三席を務め、歴代最速記録を更新しながら昇格を続けてきた天才魔法使い。

「手紙でお伝えした件、検討してくださいましたか？」

　ルークの言葉に、アーネストは表情を変えずに言った。

「君には早すぎる。以前にもそう伝えたはずだが」

「たしかに、あのときはそうだったと思います」

　ルークはうなずく。

「しかし、あれから僕は次期聖宝(メイガス)級候補者の誰よりも結果を出してきた。犯罪組織《黄昏》を壊滅させ、ヴァイスローザ大迷宮の未踏領域攻略に参加し、アーデンフェルド王国に多くの迷宮遺物と魔導資源を供給できるパイプを作った。国別対抗戦では人間に対し無敗だったエステル・ブルーフォレストを倒し、《精霊女王》とも対等に戦った。加えて、先のヴィルヘルム伯の事件では、僕とノエルの貢献が大きかったことは理解していただいていますよね」

「たしかに、成果の上では申し分ないだろう。しかし、君の望みには相応の責任が伴う。王宮魔術師団の歴史上でも初めてのことだ。強い批判にさらされることもあるかもしれない。君が才能ある魔法使いだからこそ、大切に育てたいというのが私の意見だ」

「配慮していただいてありがとうございます。でも、僕にはあまり時間がないんです」

ルークは丁寧に言葉を選びながら理由を話す。

その中には、アーネストが知らない情報も含まれている。

険しい目でルークを見つめて言った。

「一歩間違えれば君はすべてを失う。それでもやらせてほしい、とそう言いたいわけだな」

「地位や名誉を失うことを怖いとは思いません。元々それほど欲しいものでもなかったですし。ただひとつ、絶対に失いたくない例外を除けば他は全部失ってもいいんですよ、僕は」

「そして、そのひとつを失わないために君は私を動かそうとしている、と」

「そういうことです」

アーネストは腕を組み、目を閉じる。

張り詰めた空気。

重たい沈黙が流れる。

「君の考えはわかった」

アーネストは目を閉じたまま言った。

「検討する。そのときは覚悟をしておけ」

レティシア・リゼッタストーンはその日、いつもと違う何かを感じていた。
繰り返してきた日常業務。
見慣れた景色。
おそらく、今後思いだすことはない取るに足らないやりとり。
しかし、そのすべてが不思議なくらいに新鮮に見える。
まるでよく似た別の世界に来たみたいに。
（本当に自分は恵まれている）
改めてそう実感すると同時に、名残惜しいなんて身勝手なことを思ってしまう。
すべて自分が望んだことなのに。
報いも痛みも含めて。
それでいいと確信を持って言えていたはずなのに。
（弱いな、私は）
しかし、レティシアは首を振って前を向く。
行いの責任を引き受ける。
胸の痛みを堪え、平気なふりをして微笑む。
それが大人になるってことだと思うから。
「失礼します」

相棒（バディ）であり上官であるガウェインの執務室。

分厚い資料に視線を落としていたガウェインは、レティシアが机に置いた封書を一瞥して、眉をひそめた。

「なんだ、これは」

「辞表です」

レティシアは言った。

「王宮魔術師団を辞めようと思っています」


「理由を聞いても良いか」

ガウェインの言葉に、レティシアは小さくうなずいて言った。

「ヴィルヘルム伯に関する一連の不正事件について。取締局の情報を盗みだした上で、ヴィルヘルム伯が運営する孤児院への違法捜査を行っていました。加えて、孤児院の少女を眠らせて変身薬で成り代わり、ヴィルヘルム伯の邸宅へ侵入した。すべて社会と組織のルールを破った行いです」

「すべて今回の事件を解決する上で必要なことだったと俺は考えている。俺の指示だと報告したからお前に責任はない」

「私が独断で行ったことです。聞かれた際には、虚偽の報告までした。背任行為以外の何物でもありません」

「王宮内に敵の内通者がいてどこから情報が漏れるかわからない状況だった以上、それも必要な判断だった。加えて、部下にそういう行動を取らせたことについては、俺に上官として責任がある」

レティシアはしばしの間、唇を引き結んでから言った。

「なんで貴方はそこまで誰かのために自分をなげうてるんですか」

「そんなに立派なもんじゃねえよ。気に入ったやつには余所に行ってほしくない。単にわがままなだけだ」

「でも、一番隊にいた私を副隊長に指名したのも、貴族たちに潰されそうになっていた私を守るためですよね」

「……仕方ない。この際だから本当のことを話そう」

ガウェインは静かに口を開いた。

「あれは冷たい雨が降りしきる夜のことだった。俺はある人物と会っていた。そいつは学生時代の後輩でな。表に出せない重要な案件を抱えていた」

少し間を置いて続ける。

「あいつは俺の耳元に口を寄せて言ったんだよ。『寝てるだけで金が無限に入ってくるビジネスがある』と」

「…………は？」

「思慮深い俺は冷静に話を聞いて検討した。そして、その話に乗ることにした。いいやつだしまあ大丈夫だろう、と。寝てるだけで金が無限に入ってくるとか最高すぎるしな」

「とりあえず『思慮深い』という言葉を作ってきた先人たちに謝罪してください」

「驚いたことに、それは詐欺だった。結果、俺は多額の借金を抱えることになった」

「そうなるでしょうね」

「俺はアーノルドさんに頼み込んだ。うっかり組織の金に手を付けてしまいそうだから、管理できる優秀なやつをくれ、と。こうして、元々同期で関わりもあったレティシアがうちに来ることになったわけだ」

「……現実が想像していた以上に残念で困惑しているんですが」

「そんなに褒めないでくれ。照れる」

「褒め言葉と捉えられるような要素は皆無ですよ」

あきれ顔で言うレティシア。

ガウェインは苦笑して頭をかく。

「つまるところ、俺は人を疑うのが苦手で誘惑に弱くて、一人では生きていけないダメな人間なんだよ。だから、真逆の冷静でしっかり者の副官が必要なんだ」

ガウェインはレティシアを見つめて言った。

「お前の居場所は俺が守る。どんなことをしても絶対に。だから、お前も俺のことを助けてくれ。俺にはお前が必要だ」

レティシアは小さく目を見開く。

部屋を沈黙が満たした。

顔を俯けて、言葉を探して。

それから、言った。

「わかりました。私で良ければ」

「これからもよろしくな、レティシア」

ガウェインはにっと目を細めてから言う。

「早速ひとつ相談なんだが、『一日一時間あることをするだけで年収が二倍にある副業がある』って話があって俺は前向きに検討しているんだが――」

「断りなさい」

◇　◇　◇

「レティシアとの話はうまくいったみたいですね」

しばらくして、ガウェインの執務室を訪れたのは二番隊隊長であるクリス・シャーロックだった。

ガウェイン、レティシアと魔術学院時代同級生だった彼は二人の関係をよく知っていた。

レティシアが元一番隊の王宮魔術師――《先生》の仇討ちのためにヴィルヘルム伯を追っていた

ことも。

そして、彼女が知らないひとつの事実についても。

「言わなくていいんですか。貴方が《先生》に教わっていた生徒の一人だったってこと」

「別に言う必要ねえだろ。俺は孤児院育ちの不良で、レティシアは領主の娘だった。住む世界が違ったしあいつは覚えてないだろうさ」

ガウェインは窓の外を見つつ、思いだす。

二人がまだ少年と少女だった頃のことを。


その昔、ガウェインは手の付けられない不良少年として知られていた。

親はなく、金もなく、愛情を注いでくれる大人もいなかった。

彼にとっては孤児院の仲間だけがすべてだった。

彼は仲間のためならどんなことでもした。

どんな相手でも、仲間に手を出せば容赦はしなかった。

仲間が罪を犯せば、それをかぶって代わりに罰を受けた。

彼は救いようのない乱暴者として恐れられるようになり、人々は怯えた目で彼を見るようになった。

そんな彼を気に入り、毎日のように声をかけてきたのが《先生》だった。

「すごい。君には才能がある」

元王宮魔術師だと言う彼は、貧しい子供たちに魔法を教える私塾に彼を誘った。

当初は相手にしていなかったガウェインだったが、しつこい勧誘に負けて魔法を教わるようになった。

《先生》は教えるのが上手だったし、彼が言った通りガウェインには才能があった。

それも、元王宮魔術師を魅了するほどの強固で並外れた才能が。

ガウェインはすぐに周囲の子供たちより優秀な魔法使いになったが、一人だけ勝てない相手がいた。

レティシア・リゼッタストーン。

周辺地域の領主を務める貴族家の娘である彼女は、ガウェインより二年長く魔法を教わっていた。

家庭教師に貴族の娘としての教育を受けながら、魔法でも誰よりも優れた能力を発揮する彼女をガウェインは密かにライバル視していた。

(いつか、あいつを追い抜いてみんなの度肝を抜いてやる)

ガウェインは魔法の練習と勉強に打ち込むようになった。

彼の上達ぶりに、《先生》は目を細めた。

「本当に飲み込みが早い。君はすごいね」

それなりにできる方ではあったが、天才だったというわけじゃない。

ただ、《先生》が褒めるのがうまかっただけだ。

「別に。普通だろ」

斜に構えて、ぶっきらぼうに言った照れ隠しの言葉。

褒められるのがうれしくて、もっともっと精力的に魔法の練習と勉強に打ち込んだ。

多分、俺は《先生》が好きだったのだろう。

大人から認められ、褒められたのは生まれて初めてだったから。

《先生》に呼び出されたのはそんなある日のことだった。

「君にあの子のことを頼みたい。もし何かあったら助けてあげてほしいんだ。とても難しいことを頼んでしまったから」

(なんで俺が)

それは、密かにライバル視している少女のことだった。

しかし《先生》は真剣な目をしていたし、その言葉には普段のそれとは違う特別な何かが含まれているように感じられた。

聞き逃してはいけない大切なことを伝えようとしているような、そんな気がした。

(仕方ない。助けてやるか)

橙色に染まる空の向こうを見ながら思った帰り道。

(うまいことやって、いっぱい褒めてもらおう)

だけど、それが《先生》と過ごした最後の時間だった。

翌日、《先生》は死んでいた。

悲しいという言葉の本当の意味をガウェインは初めて知った。


今にして思うと、《先生》が『助けてあげてほしい』と言ったのは、友人として彼女に声をかけるみたいなことを期待してのことだったと思う。

彼女は積極的に人と関わろうとする性格ではなかったし、家柄ゆえの『しなければいけないこと』に追われ、同世代の友達や話し相手は少ないように見えたから。

魔法という共通言語がある自分に、その立ち位置を頼みたかったのだろう。

しかし、《先生》が亡くなってから彼女と話す機会は失われてしまった。

元々育ちの悪い孤児院の少年と貴族家の娘なのだ。

私塾がなくなると、接点なんてないし、そもそも住む世界が違いすぎる。

（とにかく、できることは全部やろう）

まずは彼女を助けられる自分になることから始めた。

能力を売り込み、魔法の才がある子供を探していたスターク家の養子になって、名門魔術学院に通い始めた。

貴族が大多数を占める学院は居心地が悪かった。

「俺の家は、大臣を何人も輩出してる名家なんだ。平民とは住む世界が違うんだよ」

理不尽で筋の通らないことを言う上級生も多かった。

平民出身のルームメイトは毎日のようにいじめられ、そのたびに俺は上級生をぶっ飛ばして教師に指導された。

「今月もう三度目だよ、君……」

「間違ったことをしたとは思っていません。先に手を出してきたのは向こうです」

幸い、俺は学院の誰よりも喧嘩慣れしていたし、人として筋の通った行いを続けていれば、認めてくれる人がいることを知っていた。

「いいわよ、ガウェインちゃん！　権威に屈しない心の強さ！　それでこそうちの子だわ！」

「いや、問題を起こすのはさすがにダメなような」

「貴方は黙ってて」

「はい……」

スターク家の人たちもそんな自分のことを認めてくれた。

婿養子である父は、大分肩身が狭そうではあったが。

めきめきと力をつけ、実技では学院トップの成績を記録するようになった。

座学ではクリスとレティシアにまったく勝てなかったが、それを口実にして話しかけ、それなりに仲良く話すようになった。

だけど、あくまで友人の一人として。

レティシアはスターク家の養子になった俺が、あのときの男の子だとは気づかなかったし、それならわざわざ自分から話す必要もない。

当時のレティシアは誰もが認める優等生だったが、裏ではかなり危ない橋を渡っていた。

王国の裏側で蔓延る貴族と聖職者の不正を調べるために、不法侵入や違法調査を繰り返す。

「あいつ誰よりも不良だよな」

「やってることの規模が違いますからね。我々も人のことを言えないですけど」

悪徳貴族が所有する屋敷の屋根の上で、クリスは白い目でガウェインを見て続ける。

「というか、なんで私は付き合わされてるんですか」

「仕方ないだろ。何かあったとき気づかれないように助けるには、俺だけじゃ力不足だ。学院一の秀才であるクリス様のお力があってこそ」

「そんなこと言って、実技では自分の方が上って思ってるのはわかってますからね」

「だって、事実だし」

「ただ一戦負け越してるだけです。今ここで五分に戻してやりましょうか」

「待て。レティシアが出てきた。追われてる」

「……仕方ありませんね。今日のところは見逃してあげます。あと、こういうのはこれが最後にしてくださいね」

なった。

それからも、クリスは毎週のようにガウェインに引きずられて悪徳貴族邸巡りに参加することに
「ああ。わかってる」

不思議な関係は王宮魔術師になってからも続いた。

レティシアは人生のすべてを捧げて貴族の不正を追い、そんな危なっかしい彼女の後ろ姿をガウェインとクリスは追った。

今思えば、あれが青春だったのかもしれない。

普通のそれとは随分違う形ではあったが。

「あれはあれで楽しかっただろ」

懐かしげに言うガウェインに、

「そうですね。刺激的で悪くはなかったです」

クリスはうなずいて言う。

「ただ、どうして貴方がそこまでするのかはずっと疑問でしたけどね」

「別に普通じゃねえか？　困ってる仲間を助けるのは」

「いくらなんでもやりすぎだと思いますよ。まあ、貴方がそういう人だっていうのは長い付き合いだからわかってますけどね」

西にいじめられたクラスメイトがいれば、いじめている上級生をぶっ飛ばし、東に金に困ってい

た学生時代の後輩がいれば、詐欺にかかったふりをして金を分け与える。

そんな彼だからこそ、人々は言う。

かすかなあきれと尊敬を込めて。

――ガウェイン・スタークは身内に甘い。

◇　◇　◇

退院した後、一日中ベッドの上でゴロゴロしながら積んでいた魔導書を読んで、長いお休みをたっぷり満喫してから、私は仕事に戻った。

遊んだり息抜きするのも良いものだけど、やっぱり私には魔法が一番。

（魔法を使う仕事ができる……！　ああ、幸せ……！）

遠征で使った魔道具の修繕をしつつ頬をゆるめる。

「ほんと好きだよねえあんた。変人を超えてもはや変態の域だわ」

「えへへ。そんなに褒めないでくださいよ」

楽しくお話ししていた私を呼びに来たのはルークだった。

「ノエル。招集かかってるから来て」

「招集？」

何事だろう、と思いつつルークの背中を追う。

連れてこられたのは中央統轄局にある大会議室。

「げえっ、会議……！」

「なにその因縁の相手を見たみたいな顔」

「だって、礼儀作法が苦手な私には天敵だし……ああ、頭に浮かんでくる。アーネストさんの頭に私の靴が載ってるトラウマ映像が……！」

「面白かったなぁ、あれ。みんな笑っちゃいけないって必死で真面目な顔してたし」

「笑い事じゃないよ！　私はあれで、危うく王宮魔術師団を追放されるところだったんだから！大惨事だったんだから！」

「いや、みんなそこまで気にしてなかったけどね。やっちゃったなぁってくらいで」

ぐっ……好機とばかりにからかいやがって、意地悪なやつめ。

恨みがましくルークを見るけれど、嫌なことでもがんばらないといけないのが社会人というもの。

深呼吸して心を落ち着かせ、会議室の中へ入る。

そこにいたのは、総長であるクロノスさんを除く六人の聖宝級（メイガス）魔術師。

最高責任者である《明滅の魔法使い》アーネスト隊長を中心に、六人の隊長が並んでいる。

四番隊隊長である《救世の魔術師》ビセンテさんがにっこり目を細めて手を振っていた。

（い、いや、緊張でそれどころではないんですが……！）

あああわしつつ、全力で冷静な自分を取り繕う。

(大丈夫。私は聡明でかっこよくてスタイル抜群。礼儀作法も完璧。無敵)

自分に言い聞かせつつ、ルークの背中を追った。

張り詰めた空気。

アーネスト隊長が静かに口を開く。

「まず、ノエル・スプリングフィールド」

「ひゃいっ」

「…………」

大事な会議の返事で、目も当てられない噛み方をした残念な女がそこにいた。

私だった。

「……見事な活躍だった。特別報酬と褒賞を与える」

感情のない声で言うアーネスト隊長。

「ありがとうございます」

私は凛とした声で答えて、一礼する。

きりっとした顔でルークの隣に並んだ。

(何もなかった。うん、何もなかった。よし！)

都合の悪い記憶を抹消しつつ、進んでいく会議。

「続いて、新しく創設される王宮魔術師団七番隊について。多様化する世界情勢と魔法犯罪に対応するために試験的に部隊が作られることに決定した。他の隊に比べると極めて小規模なものだが、活躍によっては規模を大きくしていくことも検討している」

(新しい部隊ができるんだ)

技術の発展によって世の中が変わっていくと共に、王宮魔術師団のあり方も少しずつ変わっていっているのだろう。

いったいどんな感じになるのかな、と思いつつ聞いていたそのときだった。

「今回、七番隊の隊長をルーク・ヴァルトシュタインに任せることに決定した」

(…………え?)

頭の中が真っ白になった。

(ルークが隊長になるの……? 三番隊は? 私との相棒(バディ)の関係は?)

目の前の出来事がうまく頭に入ってこない。

戸惑いと共に、見上げたルークの横顔は、ただ前だけを見つめていた。

ルークは前に進もうとしているのだ。

その事実に、私は激しく混乱する。

別に混乱するようなことではないはずだ。

何事も変わらずにはいられないのは当然で。

だけど、私は気づかないうちにずっと続くんじゃないかって思ってしまっていたのだ。

永遠なんてないことを、頭ではわかっていたはずなのに。

呆然と立ち尽くす。

そのとき、聞こえたのは背後からの扉が開く音だった。

その音は普通のそれとは違う独特の奥行きと響きを持っていた。

まるでここは違う遠くの世界から聞こえているような。

近づく無数の足音。

王の盾(キングズガード)の精鋭に連れ添われて現れたのは、美しい金色の髪をした男の人だった。

ミカエル・アーデンフェルド第一王子殿下。

整った顔立ちは、芸術品のような、あるいはこの世のものとは違う何かなんじゃないかと感じてしまうような、非現実的な空気を纏っている。

「伝えたいことがあって寄らせてもらった。構わないかな」

「ええ。構いませんが。我々も職務がありますので、手短に済ませていただけると」

「そうだね。すまない。手短に話そう」

第一王子殿下は言った。

「私は、王宮魔術師団三番隊に所属するノエル・スプリングフィールドを王の盾(キングズガード)の筆頭魔術師として迎えようと思っている。できるだけ早く。できれば、来月からにでも」

（…………………へ？）

何を言っているのか、まったく理解できなかった。

（王の盾の筆頭魔術師（キングズガード）？　私が？　どうして？）

戸惑う私に、にっこり目を細めてから、王子殿下は言う。

「検討してもらえるかな」

「お待ちください」

静かで淡々とした声が隣から響いた。

聞き慣れた、よく知っている声。

「各部隊の隊長には副隊長を指名する権限がある。新設される七番隊にもそれは同様ですよね」

言葉には、どことなく怒りが込められているような感じがした。

ルークは言った。

「七番隊隊長として、相棒（バディ）であるノエル・スプリングフィールドを副隊長に指名します」

張り詰めた空気。

時間が静止したかのような数秒間。

青と黄金の瞳が交差する。

そんな二人を見上げながら、私は頭を抱えていた。

拝啓、お家で待つお母さん。

駆け出しだったはずの私の王宮魔術師生活は、いよいよまったく想像もしていない方向に進んでしまっているみたいです。

【5巻に続く】

# 特別書き下ろし　いつかきっと

十年前。

王宮魔術師団四番隊第三席を務めていたビセンテ・セラは、自身の悲願を果たすための研究に励んでいた。

どんな手を使っても叶えたい願い。

人類が誕生してから積み重ねた歴史の中で、数多の人々が求めながら今なお実現できていない大望。

――肌年齢を永遠に若く保つことができる美容魔法。

（むむ。また失敗しましたね）

魔導式の顕微鏡でプレパラートをのぞき込みながら考える。

（問題があるとすれば第二補助式のあたり。それでダメなら、根本的な術式構造から変えないといけませんね）

失敗をどれだけ積み重ねただろう。

永遠に解けないのではないかと思えるような難題。

しかし、彼女の心の中にあきらめるという選択肢はなかった。

生物学的には男性である彼女は美容を深く愛している。それは生活の中で最も関心を持っていることであり、人生のすべてを捧げて追求していきたいテーマでもある。

同性愛者としてカテゴライズされることもあるけれど、男性には興味がない。

女性にも興味がない。歌劇の中の恋愛は好きだし、素敵なことだとは思うけど、現実となると何か違う感じがする。それよりは綺麗な人になりたいという気持ちの方がずっと強い。

（いったいどこから修正しましょうか）

背もたれに身体を預け、天井を見上げながら考えていたそのときだった。

部屋の扉が開いて、入ってきたのは相棒（バディ）を務めるクローゼだった。

「ビセンテさん。少しトラブルが起きてまして」

「トラブル？」

「はい。一昨年入った前宰相の御子息なのですが、今年入った平民出身の新人をいじめていたようでして」

「またやったのですか」

「ええ。またやってたみたいです」

「いい加減、こつんとしてやらないといけませんね。前宰相の御子息ということで罰を与えるのにもいろいろと注意を払わないといけませんが、しかしそうやって大人が甘やかしていたからこそ、そういう人間になってしまったのでしょうし」

「注意深く対処しなければなりません。しかし、まったく気にせず蹴り飛ばしたやばい新人がいまして」

「蹴り飛ばしたのですか」

「はい。滞空時間が六秒くらいあったそうです」

「飛距離出てますね」

「ええ。飛んでます」

「誰ですか。そのやばい子」

「三番隊所属の新人、ガウェイン・スタークです。ほら、史上初めて入団試験の《魔法技能測定》で測定壁に大穴を開けたことで話題になった」

「またやらかしたのですか」

「ええ。またやらかしました」

ビセンテはため息をついてから立ち上がった。

「行きましょう。とりあえず双方の話を聞かないと」

これからは真面目に大人しく生きることにしよう。

事件が起きる数時間前に、ガウェイン・スタークがそう思ったのは、気苦労を重ねる父の姿を見てのことだった。

身寄りがない孤児院育ちの自分を養子にしてくれたスターク家の人々。

家庭内で最も強い力を持つ母は、「それでいいの。権威に屈しない強さこそ貴方の素敵でかっこいいところなんだから」といつも言ってくれたけど、貴族社会で生きる父はいろいろと苦労しているようだった。

(育ててくれた恩を返すためにも、これからは問題を起こさずに生きる)

そう誓いを立てて出勤したガウェインは、人気（ひとけ）のない部屋の中で同期入団の同僚が、先輩からいじめを受けているのを目撃。

滞空時間六秒を記録するスーパーキックで、無事新たな問題を起こして今に至る。

「レティシア……俺、もうダメかもしれん」

昼休み。雨に濡れた犬のようにうなだれて言ったガウェインに、レティシアは言った。

「そうですか」

冷ややかな声で、視線を向けることもなく手元のお弁当をつついている。

「やっちゃいけないのはわかってたんだ。だが、気づいたときには身体が動いてたというか、わかっちゃいるけどやめられないというか」

「そうですか」

「頼む！　頭の良いレティシア様の素晴らしいアイデアで、クビを回避する作戦をどうか！」

「ありません。あきらめてください」

感情のない声で言うレティシアだったが、ガウェインはまったく気にしていないようだった。

相手にせず聞き流していても、一人で勝手に話している。

「これはチャンスなんだ。もしこの窮地における解決策を見つけだすことができれば、レティシアにも大きなメリットがある」

「メリット？」

「ああ。救われた俺はレティシアに深く感謝する。そして、王宮魔術師団中にレティシアの頭の良さを宣伝して回る。つまるところ、ただ俺を助けるだけでレティシアの評価はうなぎ登り」

「お断りします」

「入団試験で一位だった頭脳のこれ以上ない見せ所だぞ」

「総合点では入団を辞退して大学に進学したクリスに負けてましたし」

「実技の点では俺が一位だったしな」

「なるほど。貴方がいなくなれば、実技の点でも私が一位になれますね」

「やめて。お願いだから敵側にだけは回らないで」

結局、レティシアに協力してもらうことはできなかった。

昼食を食べ終えたレティシアを見送る。成果がなかったにもかかわらず、ガウェインの胸にあったのは目的を果たしたという感覚だった。

（たまには誰かと話しながら食べた方が気分転換になるだろうしな。王宮魔術師団に入ってから、今まで以上に張り詰めた顔をしてるし）

王宮魔術師団に入り、様々な面で調査がしやすくなったことで、悪徳貴族の不正を追いかけたいという気持ちが強くなっているのだろう。

しかしその一方で、彼女が他の新人たちとほとんど交流せずに過ごしていることをガウェインは気にかけていた。

（まあ、一人が好きみたいだし余計なお節介なのはわかってるんだけどな）

それでも、身内となると気にかけずにはいられないのがガウェインという人間だった。

『君にあの子のことを頼みたい。もし何かあったら助けてあげてほしいんだ』

あの日の《先生》の言葉が耳の奥で聞こえる。

彼女が隠している秘密。

比べれば自分のことなんて大したことではないと思う。

しかし、育ててくれた両親のことを考えると放っておくわけにもいかない。

（やれやれ、どうしたもんかな）

頭をかきながら思う昼下がりだった。

レティシア・リゼッタストーンにとってガウェイン・スタークは学生時代に出会ったクラスメイトの一人だった。

身内に優しいお人好しで、曲がったことが許せない性格。

優秀すぎるがゆえに人に遠ざけられやすいレティシアとは対照的に、いつも人に囲まれている彼はことあるごとに自分に頼ってくる。

テストのたびに最高点を競い合っていたことで仲間意識もあるのかもしれない。

あるいは単純に、頼れる相手の中で有用な存在として認識されているのかもしれない。

(でも、不思議とそれ以上に気にかけられている感じがあるのよね)

そういう優しさの気配のようなものを、時折レティシアはガウェインから感じることがあった。

その理由がなぜなのかレティシアにはわからない。

自分の中の何かを彼が気に入ったからかもしれないし、そういう特別な理由はなく単純に身内として認識されているだけのことかもしれない。

真実を知りたいとは思わなかった。

人の心は複雑だし、知ることで状況が不可逆的に変わってしまうことも多くある。

何より、自分には人生のすべてを投げ打ってでもしなければならないことがある。

（余計なことを考えている時間はない。自分がすべきことに集中する）

しかしそう思っていても、正しくあろうと戦っていた《先生》に憧れて育ったレティシアだ。

貴族社会が強要する理不尽には思うところがあるし、できる範囲で解決したいという思いはある。

訪ねたのは、四番隊で第三席を務めるビセンテ・セラの執務室だった。

人に何を言われても気にすることなく自分の道を行く彼女は、王宮魔術師団の中で多くの人に一目置かれている存在だった。

「あら、たしか今年首席合格の」

目を丸くして微笑むビセンテさん。

通された部屋の中は、品の良い花の香りがした。

かわいらしいデザインのソファーに腰掛ける。

「新人さんが訪ねてきてくれるなんて今日は良い日ですね」

ビセンテさんは紅茶をいれてくれた。

猫舌のレティシアは、ほんの少しだけ飲んでから冷めるのを待つ。

「どういったご用件ですか」

「私の同期が起こした暴力事件についてです」

「六メートルスーパーキック事件ですか」

「……なんですか、その呼称」

「お気になさらず。それで、その事件について何か？」

「進捗を伺っておきたくて。一応、学院時代からの同期なので」

「仲良きことは美しきかな、です」

にっこり目を細めてから、ビセンテさんは言う。

「状況はあまり良いとは言えません。被害者の先輩魔術師は『いじめなんてしていない。一方的に暴力を振るわれた』と主張しています。裏で手を回して周囲に圧力をかけているようで、有力な証言も出てこない。いじめの被害者である新人さんも脅されて何も言えなくなってしまっているみたいです」

ビセンテさんは深く息を吐いて続ける。

「スターク家は彼の家に比べるとずっと弱い立場になりますからね。いじめがあったという証拠がない以上、先輩魔術師の意見を全面的に真実として採用しなければならなくなる可能性も高いです」

「必要なのは証拠ですか」

「ええ。証拠です」

うなずくビセンテさん。

「もし仮に、彼が悪質ないじめ行為をしていた証拠となる資料が見つかれば状況は変わる可能性がありますか？」

「変わるでしょうね。言い逃れることができない証拠があれば」

「状況はわかりました。ありがとうございます」

言いながら、レティシアが懐から取り出したのは魔導式の盗聴器だった。

「そこに事件があった日、あの部屋で行われていた一部始終が記録されています」

「いじめのことにガウェインさんより先に気づいて動いていたのですか？」

「偶然見かけたことがあったので」

「よく録れてる。見事なものですね」

ビセンテさんは言う。

「しかし、この証拠を公開することは許しません。この音声のことは口外せず貴方と私の中だけに留めておいてください」

「どうしてですか」

「貴方に危害が及ぶ可能性があるからです。恨まれて良いことなんてひとつもありませんから。それが逆恨みならなおさらです」

「彼を見捨てるんですか」

静かな怒りが含まれた言葉。

ビセンテさんは少しの間押し黙ってから言った。

「いじめられていた新人さんの身体についていた傷について、採取した遺留品と付着していた体組織の検証を行っています。私はこの国で一番優秀な回復魔法使いですから、それが真実であれば証拠は必ず見つけられます」

ビセンテさんは続ける。

「安心してください。この事件は先輩である私が、責任を持って解決しますから。切り札を使うのはその後で。いいですね」

レティシアは姿勢を正して言った。

「わかりました」

うなずいてから、紅茶を少しだけ飲む。

まだ熱い。

「でも、がっかりしたのではありませんか。王宮魔術師団でもこんなことがあるのかって」

「正直に言えば少し」

「私もそうでした。世の中は理不尽で不完全で、たくさんの小さな過ちや歪みに満ちています。特にうちは貴族社会とも密接に関わりを持っていますからね。我慢しなければいけないことや清濁併せのまないといけないこともある」

ビセンテさんは目を伏せてから続ける。

「それでも、だからこそあきらめてはいけないと思っています。世の中を少しずつでも良い方向に進めていくために、私たちがいるこの組織から変えていかないといけない。いつか入ってきた新人さんが、ホワイトすぎて驚くような素敵な王宮魔術師団にしないといけないってそう思うんですよ。だから私は真っ直ぐな貴方たちにとてもとーっても期待していますⅠ

ビセンテさんはいたずらっぽく笑って言った。

「一緒にがんばっていきましょう。頼りにしてますよ、とびっきり優秀な新人さん」

数日後、下された処罰は異例のものだった。

いじめ行為の加害者であることが立証された黒曜級魔術師は、それが三度目ということもあって前例のない厳しい処罰を通告され、怒りと共に辞表を叩きつけた。

ガウェインも一ヶ月の謹慎処分を受けた。決して軽い処罰ではなかったが、そこにも彼を守ろうという配慮が含まれているような気がした。

軽い処罰だと、逆恨みされる可能性が高くなるから。

あえて組織として厳しい処罰を下すことで貴族社会の歪みから彼を守る。

《先生》がいた頃から、少しずつ王宮魔術師団も変わり始めているのだろう。

正しい行いが報われる場所になろうとしている。

自分も力になれたらいいとレティシアは思った。

果たさなければならない願いを追いかけるのが最優先ではあるけれど、できる範囲で。

「お、レティシア」

一ヶ月後、謹慎が解けて戻ってきたガウェインは言った。

「ありがとな。助かった」

レティシアは表情を変えずに言う。

「私は何もしてないですよ」

「それでいい。感謝してる」

「今回は本当に――」

思わず出た言葉に、激しく後悔する。

「お前って結構お人好しだよな」

「貴方にだけは言われたくないです」

少し距離を開けて歩く二人。

頭上には透き通った青空が広がっている。

# あとがき

母が草を食べていました。

信じられないかもしれませんが本当の話です。

母の育った家――葉月のおばあちゃんの家は、田舎町の奥にある山を車で三十分上ったところにありました。

最寄りのコンビニまで三十五分。映画館に行くまで一時間半はかかるスーパー田舎です。

朝刊は夕方頃に届きます。昔、タクシーで帰省しようとした母は運転手に、「真っ暗で怖いからこれ以上進めない。ここで降りてくれ」と言われました。怖くて泣きながら山中を四十分歩いてようやく家に着いたと聞かされた、そういう地域です。

それは葉月がまだ小さかった頃、帰省中にタケノコを採りに行った日のことでした。「私が子どもの頃はこういうのを食べてた」と母が近くの草を指さして言ったのです。

それまでの葉月の人生の中で、草を食べるという発想はありませんでした。葉月は宇宙猫のような顔で母の話を聞きました。その昼下がりの瞬間は、今でも印象的な記憶として葉月の中に残っています。

母は実家が大好きだったので、葉月も長期休暇のたびに帰省して山奥の家で過ごしました。テレビ番組は2つのチャンネルしか映りません。当時葉月は携帯ゲーム機を持っていませんでした。

毎年夏と冬、合計十日ほどの帰省の間、葉月は暇を持て余しました。

しかし、子どもというのはたくましいです。遊びが無いなら自分で考えて作ればいいじゃない、と青いトタン屋根にボールを投げて落ちてくるのをキャッチしたり、石が積まれた壁でボルダリングごっこをしたりしました。

庭で妹とバドミントンをしたりゲートボールをしたりもしました。新聞紙を丸めたボールで従兄弟と野球をし、二回窓ガラスを割りました。使われていない納屋の二階の窓は、今も割れたままになっています。

スズメバチに刺されたときのことも記憶に残っています。山道を必死で走る母の姿。抱きかかえられながら、「愛されてるな」っていうのを子どもながらに実感して、痛みよりもうれしくて安心した気持ちになったことを覚えています。

その後、おばあちゃんに「スズメバチくらいで病院なんて大げさ。キンカン塗っとけば治る。私は十回以上刺されてる」と当たり前みたいに言われ、『田舎やべえ……』と思ったことも印象的なのですが。

つまるところ、葉月にとって母の実家は他の場所では経験できない印象的な思い出を与えてくれるところでした。退屈してる時間も長かったけれど、遊んでいる時間は普段以上に楽しかった。

母は今でもこの家のことが大好きで、数年前に祖父と祖母が亡くなり、誰も住まなくなった今も、定期的に訪ねていって誰もいない家の掃除をしているそうです。

過疎が進み、周囲に住んでいる人はもうほとんどいません。寂しいことだと思いますが、仕方ないとも思います。何事も変わらずにはいられない。悲しいことや苦しいこともありますが、その分楽しいことだってあるからと上を向いて生きていくしかないのでしょう。

結論として、葉月はおばあちゃんの家が大好きです。今も記憶の中で、鮮やかに光を放っています。透き通った日差し、働く蟻の群れ、魔物みたいに見えた焼却炉、夏の匂い――

そんな思い出たちは『ブラまど』にいろいろな部分で影響を与えているのではないかと思います。その辺の草を食べてるノエルにびっくりした皆様に一言。葉月もびっくりしました。それが伝えたくてこのあとがきを書きました。

皆様にも印象的で大切な記憶があると思います。その中には失われてしまって今はないものもあるかもしれない。でも、それは今も貴方の心の中で鮮やかに息づいています。時間が過ぎて失われてしまったからこそさらに鮮やかに。

疲れたときは思い返して元気をもらってもいいかもしれませんね。思いだしてなんだか胸いっぱいな気持ちの葉月でした。

最後に、長い間お待たせしてしまってごめんなさい。次はもっと早く出せるように、そして最高のものにできるように全力を尽くしますので、よかったらお付き合いいただけるとうれしいです。
皆様の人生に忘れられない素敵な瞬間がひとつでも多く訪れますように祈りを込めて。

節約がんばりすぎて道ばたのタンポポを食べられないか検討したのを思いだした六月　葉月秋水

ブラック魔道具師ギルドを追放された
私、王宮魔術師として拾われる
～ホワイトな宮廷で、幸せな新生活を始めます！～
原作：葉月秋水・necömi
漫画：鳥飼やすゆき
ガンガンONLINEにて
コミカライズ版連載中！

ギルドを追放された
王宮魔術師
拾われる
～ホワイトな宮廷で幸せな新生活を始めます！～
2
葉月秋水・necõmi
鳥飼やすゆき
コミックス2巻
6月12日発売！

SQEXノベル

# ブラック魔道具師ギルドを追放された私、王宮魔術師として拾われる
## ～ホワイトな宮廷で、幸せな新生活を始めます！～ Ⅳ

著者
葉月秋水

イラストレーター
necömi



2023年6月7日　初版発行

発行人
松浦克義

発行所
株式会社スクウェア・エニックス
〒160−8430
東京都新宿区新宿6−27−30　新宿イーストサイドスクエア
（お問い合わせ）スクウェア・エニックス　サポートセンター
https://sqex.to/PUB

印刷所
図書印刷株式会社

担当編集
稲垣高広

装幀
村田慧太朗（VOLARE inc.）



ISBN978-4-7575-8561-4　C0093

Printed in Japan